ENTURES SUR MESURE

CLUEDO

Soirée mortelle chez le Dr Lenoir

Écrit par Élizabeth Barféty.
Conception graphique du roman : Audrey Thierry.

Hachette Livre, 58, rue Jean-Bleuzen, 92170 Vanves.

ENTURES
SUR
MESURE
CLUEDO
Soirée mortelle chez le Dr Lenoir
hachette
JEUNESSE

COMMENT LIRE CE LIVRE ?

Tu fais la moue.

– Mais je voulais aussi parler au Docteur Orchidée. Peut-être sait-elle quelque chose…

– Mais oui ! approuve encore le militaire. Sa fille adoptive, bien sûr !

On ne peut pas dire que ton nouvel allié t'aide beaucoup ! Tu vas devoir prendre ta décision tout seul.

Si tu veux aller fouiller la chambre de Mademoiselle Rose, va en 69.

Si tu préfères aller interroger le Docteur Orchidée, rends-toi en 36.

LES CHOIX

À chaque fin de chapitre, ce visuel t'indique où continuer ta lecture. S'il annonce « Va en 15 », tu devras chercher le chapitre 15 pour continuer ton aventure. Attention, parfois, plusieurs choix te sont proposés… à toi de faire le bon !

1

Installé à la terrasse d'un café du port, tu dégustes un expresso, les yeux dissimulés par les verres fumés de tes lunettes de soleil. Tu n'as pas choisi ta table au hasard : elle offre une vue dégagée sur l'embarcadère. Tu es arrivé en avance, afin de pouvoir étudier les autres invités. Tu préfères savoir à qui tu as affaire. Et puis on ne sait jamais : pour peu qu'un des convives soit une ancienne victime de tes arnaques… Dans ce cas, mieux vaudrait ne pas monter dans le bateau !

Tu jettes un coup d'œil à ta montre. *Ils ne vont plus tarder, à présent*, te dis-tu.

La luxueuse navette affrétée par le Docteur Lenoir vient d'arriver. Il s'agit d'un bateau blanc à moteur, d'une taille plus que confortable. *On doit tenir à vingt personnes, là-dedans*, observes-tu.

D'après les recherches que tu as menées sur Internet, le trajet sera court : une vingtaine de minutes.

Suffisant pour faire connaissance, remarques-tu, en suivant des yeux une femme en manteau bleu profond et large chapeau assorti, qui approche de la navette. Tu distingues l'éclat de bijoux voyants à son poignet et à son cou.

LES CHAPITRES

Pour repérer les chapitres, cherche les numéros comme celui-ci.
Ils apparaissent en haut de page.

INVITATION

Le Docteur Lenoir et sa fille,
le Docteur Orchidée, ont le plaisir
de vous convier à un week-end
de dégustation au manoir.
Pour l'occasion, sera servie
une sélection de grands crus
d'exception issus de la cave
personnelle de la famille Lenoir.
Le manoir n'étant pas accessible
par voie terrestre, vous êtes attendus
au port à 16 heures, afin d'embarquer
sur la navette spécialement
affrétée pour votre transport.
Merci de prévoir une tenue formelle
pour la soirée.

L'ENQUÊTEUR, C'EST TOI !

Cela fait quelque temps que tu es connu de tous sous le nom de « Révérend Olive », même si ce titre n'est pas tout à fait exact. En réalité, tu te fais passer pour un religieux après des années d'arnaques en tout genre... C'est d'ailleurs à cette époque que tu as fait la connaissance du riche Docteur Lenoir. Tu as mené pour son compte plusieurs négociations officieuses, toutes couronnées de succès. Mais depuis ton installation dans un monastère, vous n'aviez plus de contacts. Jusqu'à la réception de cette invitation... Peut-être le Docteur a-t-il une nouvelle mission à te confier ? Tu ne serais pas contre un peu d'aventure, après ces longs mois de vie recluse...

À toi de jouer !

LES SUSPECTS

Mademoiselle Rose

Amie d'enfance du Docteur Lenoir, sa relation avec lui s'est peu à peu ternie au fil du temps. Mademoiselle Rose est une femme magnifique, et parfois un peu cruelle… Ne prendrait-elle pas trop à cœur son rôle de femme fatale ?

Madame Pervenche

Nul ne connaît l'âge de cette figure incontournable de la haute société, mais ce n'est que l'un de ses nombreux secrets. Madame Pervenche est une vraie séductrice. D'ailleurs, elle a déjà été mariée trois fois. Malheureusement, ses défunts époux ne sont plus là pour en parler !

Professeur Violet

Un peu excentrique, le Professeur Violet est surtout un archéologue assoiffé d'aventures. Mais expéditions et excavations ont un coût, et le Professeur Violet est prêt à tout pour trouver un généreux mécène… et le garder !

Le Colonel Moutarde est un officier plusieurs fois décoré. Aux yeux du public, c'est un véritable héros. Mais il se murmure que cette respectable réputation n'est qu'une façade… Sombres rumeurs ou réalité ?

Colonel Moutarde

Olive a exercé de nombreuses professions par le passé. Aujourd'hui, cet homme charmant officie comme révérend.
Enfin, c'est ce qu'il prétend…
Car sous son apparence très lisse, il semble dissimuler de nombreux secrets.

Révérend Olive

Adoptée par le Docteur Lenoir, le mystérieux Docteur Orchidée est une spécialiste de la biologie.
Elle s'intéresse surtout à la toxicologie végétale. Mais, parfois, les plantes ne sont pas les seules à s'avérer toxiques…

Docteur Orchidée

CUISINE
SALLE DE RÉCEPTION
SALLE À MANGER
SALON
ENTRÉE

LES PIÈCES DU MANOIR

Le manoir du Docteur Lenoir est grandiose ! Cuisine, salon, bureau, chambre, salle de billard... Pour explorer le moindre recoin de cette immense maison, une vie entière ne suffirait pas !

LES ARMES DU CRIME

La corde

Le pistolet

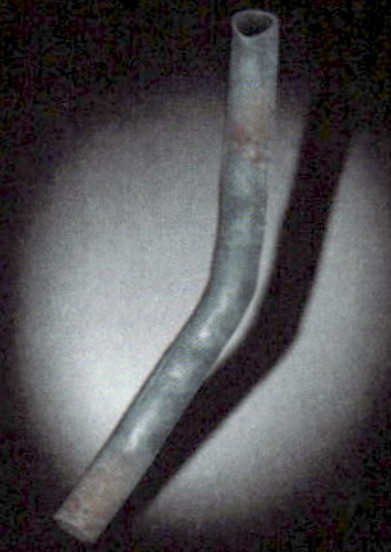

Le tuyau

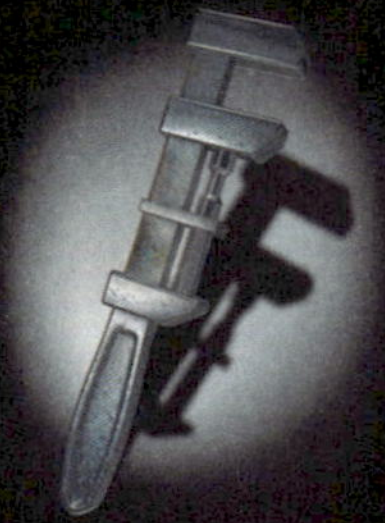

La clef
à molette

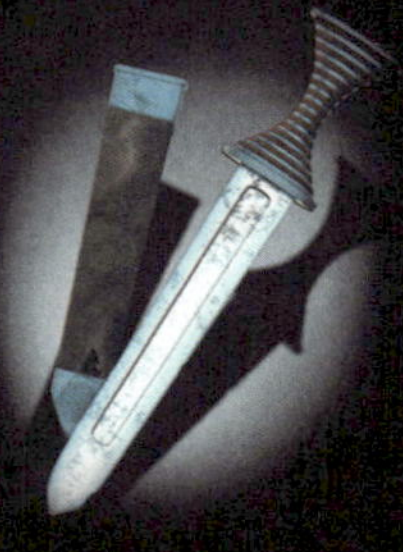

Le poignard

Le chandelier

Le poison

PROLOGUE

Qu'y a-t-il de plus palpitant que d'enquêter sur un crime ?

Toi qui dévores les polars, qui essaies de deviner avant tout le monde qui est le coupable d'une série policière, tu vas enfin pouvoir mener ta propre enquête !

En participant à cette aventure Cluedo, toi, Olive, arnaqueur caché sous l'identité d'un « révérend », tu devras élucider un meurtre… et pas n'importe lequel : celui du riche Docteur Lenoir, le propriétaire du luxueux manoir Tudor, pour qui tu as réalisé quelques affaires crapuleuses dans le passé. Pour cela, il te faudra faire preuve d'intelligence, de psychologie, de perspicacité… et de sang-froid ! Tu vas avoir la lourde tâche de découvrir l'identité du coupable, l'arme qu'il a utilisée, ainsi que son mobile.

Si tu ne tournes pas de l'œil à la vue d'une goutte de sang et ne crains pas de tomber sur un cadavre, tourne la page…

?

1

Installé à la terrasse d'un café du port, tu dégustes un expresso, les yeux dissimulés par les verres fumés de tes lunettes de soleil. Tu n'as pas choisi ta table au hasard : elle offre une vue dégagée sur l'embarcadère. Tu es arrivé en avance, afin de pouvoir étudier les autres invités. Tu préfères savoir à qui tu as affaire. Et puis on ne sait jamais : pour peu qu'un des convives soit une ancienne victime de tes arnaques… Dans ce cas, mieux vaudrait ne pas monter dans le bateau !

Tu jettes un coup d'œil à ta montre. *Ils ne vont plus tarder, à présent,* te dis-tu.

La luxueuse navette affrétée par le Docteur Lenoir vient d'arriver. Il s'agit d'un bateau blanc à moteur, d'une taille plus que confortable. *On doit tenir à vingt personnes, là-dedans,* observes-tu.

D'après les recherches que tu as menées sur Internet, le trajet sera court : une vingtaine de minutes.

Suffisant pour faire connaissance, remarques-tu, en suivant des yeux une femme en manteau bleu profond et large chapeau assorti, qui approche de la navette. Tu distingues l'éclat de bijoux voyants à son poignet et à son cou.

Tu plisses les yeux. *Impossible de lui donner un âge,* songes-tu, perplexe. En tout cas, il s'agit d'une femme riche, dont tu n'as jamais croisé la route. *Intéressant...* penses-tu lorsque, à peine embarquée, elle se dirige sans hésitation vers la partie couverte du bateau.

Le second invité à se présenter est un homme en costume noir et cravate violette. Son visage ne te dit rien, mais tu l'estimes plus âgé que toi. Lui reste sur le pont extérieur, indifférent au vent qui fait voler les pans de son manteau.

Pas le temps de t'attarder sur lui : ton attention est attirée par la silhouette vêtue de rouge qui s'avance à présent vers le bateau. Le visage de cette superbe femme blonde ne t'est pas inconnu, lui. Pourtant, vous n'avez aucun passé commun... Non, il s'agit de Mademoiselle Rose, une actrice célèbre, dont tu as, comme tout le monde, vu un certain nombre de films.

Pas désagréable, comme compagnie, te dis-tu avec un petit sourire. Quelques minutes passent avant qu'un homme aux cheveux gris et à la carrure imposante ne vienne rejoindre les autres passagers. Tu le connais lui aussi *via* la presse, mais pour des raisons moins glorieuses... En effet, il s'agit du Colonel Moutarde, qui se trouve actuellement au cœur d'une enquête sur un scandale financier. *Tiens, tiens… Je ne serai pas le seul arnaqueur, alors.* Une chose est sûre : voilà un convive que tu vas surveiller.

D'une voix forte, le colonel lance au capitaine :

– Tout le monde est là ? On peut y aller ?

– Non, monsieur, on attend encore un invité, répond l'homme.

Il est temps pour toi d'embarquer en 2.

2

D'un pas rapide, tu gagnes le bateau et rejoins le capitaine.

– Bienvenue à bord, Révérend Olive ! Vous êtes le dernier, nous allons appareiller.

Tu te diriges vers le pont supérieur, pour faire la connaissance de l'invité qui s'y trouve.

– Professeur Violet, se présente-t-il.

Tu lui serres la main en réfléchissant : ce nom te dit quelque chose… Soudain, ça te revient.

– Vous êtes le célèbre archéologue ? l'interroges-tu, en prenant un air admiratif.

Avec un petit rire, l'homme confirme.

– Ce week-end, je suis l'ami du Docteur Lenoir, rien de plus, déclare-t-il, faussement modeste.

Tu prends poliment congé, pour aller saluer les autres convives à l'intérieur.

– Ah, mais c'est vous qui nous avez fait attendre ! lance le Colonel Moutarde de sa voix tonitruante quand tu t'avances pour lui serrer la main.

Tu es sur le point de t'excuser quand il part dans un éclat de rire et t'envoie une grande tape dans le dos.

En voilà un qui n'est pas intimidé par les religieux, songes-tu, un peu surpris. Puis tu réalises qu'il ne s'est pas présenté. *Il s'imagine donc que tout le monde le connaît déjà,* comprends-tu en te tournant vers les deux femmes.

Au contraire du colonel, Mademoiselle Rose se présente très simplement.

– Même en vivant dans un monastère, impossible d'ignorer qui vous êtes, rétorques-tu avec un sourire amusé.

L'actrice rosit, mais ne répond rien. Sa voisine, en revanche, glousse d'un rire un peu forcé avant d'annoncer :

– Et moi, je suis Madame Pervenche. Juste une anonyme !

Je dirais plutôt une riche anonyme, notes-tu en t'inclinant profondément pour la saluer.

Bien sûr, tu gardes ta remarque pour toi.

La conversation va bon train, les invités échangeant spontanément sur l'actualité du moment. Bientôt, vous voilà en train d'accoster sur l'île où se situe le luxueux manoir du Docteur Lenoir.

D'ailleurs, tu aperçois ce dernier qui vous attend au bout du ponton.

C'est le moment de débarquer en 3.

3

Toujours aussi élégant, remarques-tu en détaillant son costume sombre parfaitement coupé.

Le Professeur Violet et le Colonel Moutarde sont les premiers à rejoindre votre hôte. De ton côté, tu aides Mademoiselle Rose à descendre tandis que le capitaine tend une main secourable à Madame Pervenche.

Une fois sur la terre ferme, l'actrice te remercie avec un sourire chaleureux. Mais, soudain, son visage se fige. On dirait qu'elle a vu un fantôme.

– Quelque chose ne va pas ? l'interroges-tu.

Immédiatement, Mademoiselle Rose reprend le contrôle de ses traits.

– Juste un reste de mal de mer, te rassure-t-elle. Ça va passer !

Bizarre, songes-tu avant de te diriger vers le Docteur Lenoir pour le saluer et le remercier de l'invitation.

Quelques minutes plus tard, vous arrivez au pied du manoir. Devant la porte, une jeune femme attend. Elle paraît toute frêle, par rapport à l'imposante bâtisse.

– Je vous présente le Docteur Orchidée, ma fille adoptive, annonce le Docteur Lenoir.

– Ravie de faire votre connaissance à tous, déclare-t-elle.

Ses cheveux coupés en carré strict lui donnent un air sévère, qui contraste avec sa voix très douce.

– Je me réjouis de passer le week-end en si agréable compagnie, reprend le Docteur Lenoir. Mais vous avez certainement envie de poser vos affaires et de vous rafraîchir un peu. Nous allons vous conduire à vos chambres, à l'étage, et nous nous retrouverons dans la salle à manger dans une heure !

Le Docteur Lenoir t'indique la première pièce, à droite en haut du grand escalier. Elle est meublée avec goût, et ta valise t'y attend.

Curieux, tu vas jeter un coup d'œil par la fenêtre. Le parc qui entoure le manoir est immense. Tout au fond, tu aperçois un charmant petit bâtiment de pierres, surmonté d'une croix.

Une chapelle, comprends-tu. *Idéal pour parfaire mon personnage !*

Tu as largement le temps d'aller la visiter avant le rendez-vous fixé par le Docteur Lenoir.

Va te promener en 4.

4

Cette balade t'a fait un bien fou ! Tu te sens tout à fait d'humeur à déguster les grands crus de ton hôte. Connaissant le Docteur Lenoir, tu te doutes qu'ils seront accompagnés d'amuse-bouche en tout genre. Tu en salives d'avance. D'ailleurs, tu presses le pas après avoir jeté un coup d'œil à ta montre. Tu es presque en retard !

– Encore dernier, révérend !

C'est la voix puissante du Colonel Moutarde qui t'accueille dans la salle à manger. Effectivement, tous les convives sont là, et sur la table, bouteilles, verres et bouchées n'attendent que vous.

– Pas vraiment, réponds-tu poliment. Notre hôte manque à l'appel !

Tu remarques que le Docteur Orchidée fronce les sourcils. Elle semble perturbée, mais ne dit rien.

– Il veut sans doute ménager son entrée, déclare Madame Pervenche. À sa place, je ferais la même chose !

– Voyons, seules les femmes ont le droit de se faire attendre, ma chère, réplique le Professeur Violet, amusé.

Mademoiselle Rose le fusille du regard. *Elle n'a pas l'air d'apprécier ce genre de galanterie,* notes-tu mentalement.

Le silence revient dans la salle à manger, rythmé par le balancier de la grande horloge. Au bout d'un long moment, le Docteur Orchidée se lève avec un sourire crispé.

– Je vous prie de m'excuser, je vais m'assurer que mon père n'a pas besoin d'aide…

Comme les autres invités, tu t'empresses d'acquiescer : tu commences à trouver le temps long !

Après quelques minutes d'attente, au cours desquelles Madame Pervenche a montré un intérêt surprenant pour le Colonel Moutarde et sa passion pour la chasse, vous entendez soudain un hurlement.

Une seconde de mutisme horrifié s'écoule avant que Mademoiselle Rose, livide, ne demande :

– C'était… le Docteur Orchidée, non ?

Le militaire est le premier à se ressaisir. Il bondit hors de la salle à manger.

Suis-le en 5.

5

Le colonel et toi êtes les premiers à retrouver le Docteur Orchidée. Elle est immobile, à l'entrée de la salle de billard du manoir. La main sur l'interrupteur, elle vient manifestement d'allumer la lumière et semble en état de choc. En suivant son regard, tu découvres un corps étendu sur la table de billard, imbibée de sang.

– Docteur Lenoir ? appelles-tu, bien que le malheureux n'ait plus l'air d'être en état de te répondre.

Une nouvelle fois, le Colonel Moutarde fait preuve d'un sang-froid à toute épreuve. Il se précipite, fait pivoter le Docteur Lenoir, et se penche.

– Il ne respire plus ! s'écrie-t-il. Alertez les secours !

Fasciné, tu le vois tenter de réanimer votre hôte. Il te faut quelques instants avant de reprendre tes esprits.

La pièce n'étant pas équipée d'un téléphone, tu en sors en trombe et localises rapidement le bureau du Docteur Lenoir. Tu décroches le combiné du téléphone fixe. *Pas de tonalité !* paniques-tu. Ce week-end commence à ressembler à un cauchemar…

Tu rebrousses chemin vers la salle de billard, dans laquelle sont à présent réunis tous les invités.

– Le téléphone du bureau ne fonctionne pas, dis-tu au Docteur Orchidée. Où sont les autres postes ?

Très lentement, elle tourne la tête vers toi.

– C'est la ligne, souffle-t-elle. Elle est souvent coupée. Il faut attendre…

Dans le silence qui suit, le Colonel Moutarde déclare gravement :

– C'est trop tard, je ne peux plus rien faire. Il est mort.

L'annonce provoque un vent de panique. Tout le monde se met à parler en même temps, les pleurs se mêlent aux exclamations.

Tu tentes de garder la tête froide. *Notre hôte est décédé. Vu le sang qu'il y a sur cette table, ce n'est pas une mort naturelle… Et nous sommes bloqués ici jusqu'à l'arrivée de la navette du retour, ou jusqu'à ce que la ligne téléphonique soit rétablie.*

Le Docteur Lenoir a été assassiné. Et son meurtrier est forcément l'une des personnes présentes ! Il faut absolument trouver le coupable. Mais comment ? Ton statut de révérend peut certainement te servir…

Si tu veux annoncer publiquement ton intention de mener l'enquête, rends-toi en 40.

Si tu veux interroger discrètement les invités au prétexte de leur apporter ton soutien, va en 57.

Si tu préfères proposer de veiller le mort, afin de pouvoir examiner le corps, dirige-toi vers le 70.

Ta priorité est d'en apprendre plus sur Madame Pervenche. Le témoignage du Docteur Orchidée en a fait ta principale suspecte. Et quel meilleur endroit pour chercher des informations sur elle que sa chambre ? Dans un monde idéal, tu pourrais même y trouver l'arme du crime !

Tu grimpes l'escalier, un sourire accroché aux lèvres. Tu te vois déjà en train de pointer un index accusateur sur la veuve meurtrière avant de brandir une preuve irréfutable sous le regard admiratif des autres invités…

Qui sait, peut-être pourrais-tu ajouter une corde à ton arc ? Passer de révérend à détective, ce serait une sacrée promotion, non ?

Toujours plongé dans tes fantasmes, tu pousses la porte de la chambre. Pas de doute sur l'identité de sa résidente actuelle : bijoux et vêtements luxueux sont éparpillés sur le lit et la table de chevet.

Tu souris en apercevant un pot de crème antirides sur la coiffeuse. *Je serais bien incapable de lui donner un âge*, songes-tu.

Tu te reprends : ce n'est pas comme ça que tu vas mettre la main sur ce que la veuve cherche à cacher…

Tu te concentres donc sur son sac de voyage, resté ouvert sur le lit. Tu es en train de soulever délicatement un chemisier de soie, quand soudain…

– Qu'est-ce que vous faites là ?

Retourne-toi en 54.

– Je vais aller parler au Professeur Violet, annonces-tu au Colonel Moutarde. Lui donner une chance de s'expliquer avant l'arrivée de la police…

– Vous êtes sûr ? demande le militaire. C'est risqué !

Tu tapotes le revolver dans ta poche et répliques :

– J'ai son arme. Je n'ai rien à craindre.

Le colonel hoche la tête.

– Je ne vous pensais pas si courageux, révérend ! Je dois avouer que ça me plaît…

Il frappe dans ses mains, puis déclare :

– Pendant que vous interrogerez l'archéologue, j'irai sonder les autres. On ne sait jamais, quelqu'un a peut-être vu ou entendu quelque chose…

– Bonne idée, approuves-tu. Allons-y !

Tu prends une longue inspiration avant de quitter la chambre. Tout va se jouer maintenant.

Quand le Colonel Moutarde et toi arrivez dans le salon, le Professeur Violet est en grande conversation avec Madame Pervenche et le Docteur Orchidée.

– Mademoiselle Rose n'est pas là ? interroge le militaire.

– Elle était très choquée, explique Madame Pervenche. Elle a préféré se retirer dans sa chambre.

Une chance qu'elle ne nous ait pas surpris ! songes-tu aussitôt.

Tu adoptes un ton chaleureux pour répondre :

– La pauvre… Je vais lui apporter de quoi manger. Voudriez-vous bien m'aider, professeur ? demandes-tu.

L'archéologue semble étonné, mais il se lève docilement du canapé.

– Bien sûr, révérend.

Vous vous dirigez vers la cuisine en 50.

8

On ne change pas une technique qui fonctionne! décides-tu. Chaque entretien t'en a appris plus que le précédent. Peut-être que Mademoiselle Rose aura de nouveaux éléments, elle aussi? S'il y a bien une chose dont tu es convaincu, à présent, c'est que le meurtre du Docteur Lenoir est une affaire complexe…

Tu t'excuses auprès du Professeur Violet et retournes dans la salle de réception. Mademoiselle Rose n'y est pas : elle s'est retirée dans sa chambre, te dit-on. Mais alors que tu grimpes les marches du grand escalier, tu te retrouves soudain nez à nez avec l'actrice.

– Mademoiselle Rose ! t'exclames-tu. Je montais prendre de vos nouvelles. Je suis content de voir que vous vous portez mieux.

– Je vous remercie, révérend. Je vais aussi bien que possible dans de telles circonstances…

Alors qu'elle s'apprête à poursuivre sa descente, tu tends le bras pour lui barrer le passage. Puis tu demandes, avec un petit sourire :

– Finalement, vous ne prenez pas si mal la nouvelle du mariage de votre ex-petit ami…

Mademoiselle Rose se fige, stupéfaite.

– Comment… Qui vous a dit ça?

– Oh, je suis sûr que de nombreuses personnes sont au courant de votre relation passée… Non, le plus intéressant, c'est la violente dispute que vous avez eue tout à l'heure, dans la salle de billard, vous ne croyez pas ?

L'actrice te fusille du regard.

– Où voulez-vous en venir, révérend ?

Expose ta théorie en 62.

9

Avant d'accuser Madame Pervenche, tu veux entendre sa version des faits. Après tout, même si la veuve a un mobile, tu n'as aucune preuve qu'elle est bien l'assassin du Docteur Lenoir…

Tu te diriges donc vers la salle de réception et tu fais signe à Madame Pervenche de te rejoindre.

– Que me voulez-vous ? demande-t-elle, méfiante.

– Croyez-moi, vous ne souhaitez pas que je le dise en public, souffles-tu en réponse.

La veuve te regarde, surprise, puis accepte de te suivre jusqu'à la bibliothèque.

Une fois que vous êtes seuls, tu sors de ta poche le journal de Charles-Édouard.

– Vous reconnaissez cet objet? interroges-tu.

Madame Pervenche, très surprise, a un mouvement de recul. Puis elle baisse les yeux et soupire :

– Oui. Si vous l'avez trouvé, alors vous devez penser que je suis pour quelque chose dans la mort du Docteur Lenoir. C'est bien ça, révérend?

Tu hoches la tête et précises :

– D'autant que le Docteur Orchidée a entendu votre dispute… juste avant que son père se fasse assassiner !

La veuve se laisse tomber sur une chaise, abattue.

– Je comprends que vous me soupçonniez… mais je vous l'assure, je n'y suis pour rien.

L'expression de son visage est si sincère que tu te mets à douter.

Poursuis cette discussion en 38.

10

Même si le Colonel Moutarde semble enthousiaste à l'idée de participer à ton enquête, tu préfères refuser sa proposition.

– Je fais cavalier seul, expliques-tu au militaire. C'est comme ça que je travaille le mieux.

Le colonel a un geste d'impuissance.

– Comme vous voulez, mon vieux, soupire-t-il, avant de tourner les talons.

Je l'ai vexé, penses-tu. *Je n'aurais peut-être pas dû lui dire ça…*

Tu hausses les épaules et retournes à ton tour dans la salle de réception. Tu as encore tous les autres invités à interroger, rien ne sert de te questionner sur les états d'âme du vieux colonel !

Pourtant, tu te rends vite compte que tu viens de commettre une erreur stratégique. Dès que tu approches un convive dans l'espoir de lui parler, le Colonel Moutarde s'arrange pour intervenir.

Résultat : tu déploies une énergie folle juste pour grappiller quelques minutes de tranquillité… qui ne te mènent nulle part.

Quand le Docteur Orchidée annonce qu'elle a enfin réussi à joindre la police et qu'elle va bientôt débarquer, tu n'as pas avancé d'un pouce !

Malheureusement pour toi, l'enquête s'arrête ici... Pour savoir qui a tué le Docteur Lenoir, tu devras comme tout le monde attendre le résultat du travail des policiers. Alors si tu n'es pas patient, le mieux est de retenter ta chance en recommençant au début !

11

Cette carte te semble constituer un indice bien trop mince pour t'y intéresser. Tu dois rester concentré sur l'essentiel, c'est-à-dire les raisons pour lesquelles le Docteur Lenoir a été assassiné. Ou encore les éventuelles traces laissées par son meurtrier…

Tu fais donc de ton mieux pour passer la pièce au peigne fin, examinant ses moindres recoins. Mais, en dehors de quelques moutons de poussière, tu ne découvres rien d'autre…

Emporté par ton élan, tu décides de fouiller la bibliothèque voisine. Mais la pièce est très encombrée et cela te prend un temps fou !

Quand tu en ressors enfin, tu es épuisé. Tu te diriges vers la cuisine pour aller boire un verre d'eau lorsque tu croises le Docteur Orchidée.

– Bonne nouvelle ! t'annonce-t-elle. La ligne est rétablie, j'ai pu prévenir la police.

Elle jette un coup d'œil à sa montre et ajoute :

– Elle ne va plus tarder, maintenant.

Effectivement, quelques minutes après, les policiers envahissent le manoir…

Fin

Bien entendu, plus question pour toi d'enquêter.
Non, l'heure est venue de subir un interrogatoire
qui s'annonce long et pénible,
puisqu'on finira sans doute par découvrir
que tu n'es pas vraiment révérend…
Dommage ! Pour toi, c'est raté…
Tu ferais sûrement mieux de tout recommencer !

12

Non, décidément, plus tu regardes le Docteur Orchidée, plus tu as du mal à l'imaginer tuant son père adoptif. Même si tu prends un risque en lui révélant tes intentions, tu paries qu'il sera payant.

Tu inspires profondément avant de te lancer. Mais, après quelques phrases à peine, le Docteur Orchidée t'interrompt.

– Vous faites un bien piètre détective, révérend, déclare-t-elle sur un ton dur.

Tu ouvres de grands yeux, surpris.

– C'est extrêmement imprudent de votre part de m'informer de votre enquête ! explique la scientifique. Et si j'étais l'assassin ? Vous y avez pensé ?

– Mais… je me suis dit que…

– Peu importe ce que vous vous êtes dit, tranche le Docteur Orchidée. C'est une grossière erreur. Vous pourriez vous faire tuer. Vos maladresses pourraient alerter le meurtrier, le pousser à effacer ses traces ou même à frapper de nouveau !

Bras croisés, la scientifique te toise, et tu te sens idiot.

– Vous ne pensez pas qu'ensemble, nous pourrions démasquer le coupable ? proposes-tu malgré tout.

Mais le Docteur Orchidée te fusille du regard.

– Il est hors de question que vous poursuiviez votre ridicule parodie d'enquête ! Vous voulez aider ? Très bien ! Alors, dans ce cas, restez à côté du téléphone pour tester le retour de la ligne. Et dès que vous avez une tonalité, vous appelez la police ! Compris ?

Tu acquiesces, vaincu.

– Installez-vous près du combiné de la salle de réception, ordonne encore la scientifique. Que je puisse garder un œil sur vous.

En soupirant, tu vas rejoindre les autres.

Tu sais comment se termine ta journée… Heureusement pour toi, il ne faut que deux heures avant que la ligne ne soit rétablie. Mais tu dois te rendre à l'évidence : tu as complètement raté ton coup. Recommence au début !

Tu es intrigué par le comportement de Madame Pervenche. Puisqu'elle ne semble pas avoir d'alibi pour l'heure du meurtre, il est temps de passer au mobile...

Tu t'apprêtes à la questionner sur ses relations avec le Docteur Lenoir, quand elle se lève brusquement, mettant fin à la conversation.

– Je vous prie de m'excuser, révérend, je vais aller boire un peu d'eau, t'annonce-t-elle avant de quitter la salle de réception.

Tu réfléchis. Peux-tu te baser sur une impression pour orienter tes recherches? Tu pourrais profiter de ce que Madame Pervenche est dans la cuisine pour aller fouiller sa chambre. On ne sait jamais, peut-être pourrais-tu y trouver un indice sur ce qu'elle cache...

D'un autre côté, la piste est bien mince... Peut-être ferais-tu mieux d'aller discuter un peu avec Mademoiselle Rose. Tu pourrais d'une pierre deux coups lui poser des questions sur Madame Pervenche tout en essayant de savoir si elle a un alibi. Que décides-tu ?

Si tu t'éclipses pour aller fouiller la chambre de Madame Pervenche, va en 67.

Si tu vas trouver Mademoiselle Rose, rends-toi en 46.

14

– D'accord, menons l'enquête ensemble... mais à une condition, répliques-tu avec un sourire.

– Laquelle ? interroge le Colonel Moutarde, curieux.

– Que vous arrêtiez de m'appeler « mon vieux », c'est horripilant.

Une nouvelle fois, le rire franc du militaire résonne dans la pièce. Il accepte en te donnant une grande tape dans le dos, qui te fait presque regretter le surnom...

– Vous savez qui j'ai trouvé bizarre ? te dit le colonel en reprenant son sérieux. Mademoiselle Rose ! Je l'ai croisée tout à l'heure. Elle sortait de sa chambre et elle avait l'air... vraiment perturbée.

Tu hoches la tête, en essayant de te rappeler le comportement de l'actrice lors de la découverte du corps. *En même temps, vu son métier, elle serait parfaitement capable de jouer une réaction ou une autre...* réfléchis-tu.

– On pourrait fouiller sa chambre, marmonnes-tu.

– Excellente idée ! acquiesce le Colonel Moutarde, qui semble très impatient de passer à l'action.

Tu fais la moue.

– Mais je voulais aussi parler au Docteur Orchidée. Peut-être sait-elle quelque chose…

– Mais oui ! approuve encore le militaire. Sa fille adoptive, bien sûr !

On ne peut pas dire que ton nouvel allié t'aide beaucoup ! Tu vas devoir prendre ta décision tout seul.

Si tu veux aller fouiller la chambre de Mademoiselle Rose, va en 69.

Si tu préfères aller interroger le Docteur Orchidée, rends-toi en 36.

– Oui, c'est vous, Mademoiselle Rose, qui avez assassiné le Docteur Lenoir, approuves-tu gravement. D'un coup de revolver dans le dos.

Alors que les autres invités la dévisagent avec horreur, l'actrice se met à crier :

– Mais ce n'est pas lui que je voulais tuer ! Ce n'est pas lui…

Sa voix se brise et elle commence à sangloter.

– Non, complètes-tu. L'homme que vous vouliez tuer, c'était le Professeur Violet ! Vous n'avez pas supporté qu'il vous quitte, et encore moins qu'il en épouse une autre. Aveuglée par la colère, vous êtes allée chercher votre arme, puis vous êtes redescendue dans la salle de billard.

Tu laisses passer une courte pause, seulement troublée par les sanglots de Mademoiselle Rose.

– Il faisait sombre dans la pièce. Vous n'avez vu qu'une silhouette d'homme, de dos. Comment auriez-vous pu savoir que le Professeur Violet était parti et que le Docteur Lenoir l'avait remplacé ? Ils portaient le même genre de costume foncé… deux hommes de la même taille… Il était impossible de faire la distinction, surtout dans votre état. Et vous avez tiré…

À nouveau, la voix de l'actrice s'élève.

– Quand j'ai vu… quand j'ai compris que j'avais tiré sur le Docteur Lenoir, j'étais… dévastée. C'était si injuste !

Mademoiselle Rose se tourne vers le Professeur Violet, les yeux éclatants de rage.

– C'est toi qui aurais dû mourir ! Toi !

Puis elle secoue la tête et poursuit d'une voix blanche :

– Quand j'ai compris ce qui s'était passé, je suis allée cacher le revolver dans les affaires du Professeur Violet. Vous pourrez aller le récupérer, vous verrez… Je voulais qu'il paie. Au moins. J'ai tiré la balle qui a tué le Docteur Lenoir, c'est vrai… mais c'est la faute de Violet si le docteur est mort !

Il ne reste plus qu'à arrêter l'actrice en 43.

– Mieux vaut être prudents, annonces-tu finalement au Professeur Violet.

Même si tu n'aimes pas ce sentiment que quelque chose t'échappe, ta conscience t'empêche de laisser Mademoiselle Rose libre de ses mouvements…

L'archéologue te suit jusqu'au salon.

– Alors, comment va-t-elle ? interroge Madame Pervenche.

– Pardon ? réponds-tu sans comprendre.

– Mademoiselle Rose ! Vous lui avez bien apporté à manger ?

Zut, j'avais oublié, songes-tu en te mordant la lèvre.

Tu secoues la tête et répliques d'une voix ferme.

– Nous en parlerons plus tard. J'ai une annonce importante à vous faire. Et pour cela, j'ai besoin que nous soyons tous réunis.

Madame Pervenche et le Docteur Orchidée t'observent, interloquées.

– Colonel, voulez-vous bien aller chercher Mademoiselle Rose ? demandes-tu.

Le militaire s'exécute en silence, et de longues et inconfortables minutes s'écoulent avant qu'il ne revienne, accompagné de l'actrice.

– Que se passe-t-il? s'inquiète cette dernière, dont le visage est si angélique qu'il te ferait presque douter.

– Si on le savait! réplique Madame Pervenche, qui semble perdre patience face à ta mise en scène.

Tu toussotes et pries tout le monde de s'asseoir avant d'annoncer :

– Je sais qui a tué le Docteur Lenoir! C'est vous… Mademoiselle Rose! ajoutes-tu en pointant un index accusateur sur l'actrice.

Celle-ci pousse un cri de surprise.

– Mais enfin… qu'est-ce qui vous prend, révérend? s'écrie-t-elle ensuite.

– Oui, expliquez-vous, s'il vous plaît! approuve le Docteur Orchidée.

Tu t'empares alors du revolver pour le présenter aux convives.

– J'ai trouvé cette arme dans les affaires du Professeur Violet, déclares-tu. Or, il était avec le Docteur Orchidée au moment du meurtre, n'est-ce pas?

La fille adoptive du Docteur Lenoir confirme :

– Oui… Oui, c'est vrai, nous étions tous deux dans le salon…

Poursuis ton accusation en 59.

17

Le Colonel Moutarde étant un ancien militaire, tu es sûr qu'il appréciera une attitude directe. Tu lui emboîtes donc le pas et le suis jusqu'à la cuisine.

– Je peux vous dire un mot, colonel? l'interpelles-tu.

– Je vous remercie, révérend, mais je ne crois pas à vos bondieuseries, te répond-il en secouant la tête.

– Ça tombe bien, je voulais vous parler de meurtre, rétorques-tu tout de go.

Le colonel te regarde en silence pendant quelques instants… puis il éclate de rire.

– Vous, au moins, vous jouez franc jeu ! te lance-t-il, en reprenant son souffle. J'aime ça, mon vieux. Que voulez-vous savoir ?

Encouragé par sa réaction, tu décides de continuer dans la même voie.

– Eh bien… ce que vous faisiez tout à l'heure, au moment du meurtre, par exemple.

Le Colonel Moutarde semble réfléchir, puis il déclare soudain :

– J'ai mieux que ça. Suivez-moi !

Tu te demandes si le colonel ne perd pas un peu la tête quand il se penche vers le sol et suit du doigt les démarcations du carrelage.

– Voilà ! s'exclame-t-il tout à coup, en soulevant une trappe.

– Un passage secret ? t'étonnes-tu, les yeux écarquillés.

Le Colonel Moutarde acquiesce et vous vous engagez tous les deux dans le sous-sol du manoir.

C'est peut-être très imprudent de m'aventurer ici avec quelqu'un qui pourrait bien être le meurtrier, songes-tu soudain. Cette pensée te fait frissonner, mais, heureusement pour toi, le colonel avance à pas rapide et n'a visiblement pas l'intention de te trucider discrètement !

Bientôt, vous parvenez devant une seconde échelle.

Il est temps de grimper en 47.

Pas mécontent de quitter la salle de billard, tu rases les murs pour rejoindre l'escalier. Par chance, tu ne croises personne, ni au rez-de-chaussée ni dans le couloir de l'étage.

Tu pousses prudemment la porte de la chambre du Docteur Lenoir… Comme tu l'espérais, elle est déserte.

Tu te faufiles à l'intérieur et observes ce qui t'entoure. Le décor est luxueux, comme le reste du manoir, mais plutôt épuré : un grand lit, deux tables de chevet, une armoire ancienne… et rien ne traîne. Le Docteur Lenoir était visiblement quelqu'un de très ordonné.

Voyons, où rangerais-je des secrets ? t'interroges-tu.

Tu te diriges vers l'un des chevets pour fouiller dans le tiroir quand, soudain, la porte s'ouvre !

Tu regardes autour de toi, paniqué, en pensant un instant à te cacher sous le lit… mais tu n'en as pas le temps. Le Docteur Orchidée t'a déjà vu…

– Révérend? demande-t-elle, stupéfaite. Mais… vous n'êtes pas… Que…

La scientifique est abasourdie.

Tu profites de sa confusion pour imaginer une excuse.

– Je… Je cherchais un document dont votre père m'avait parlé, improvises-tu. Concernant… sa succession !

Le Docteur Orchidée fronce les sourcils.

– Vous auriez dû m'en avertir, déclare-t-elle sur un ton froid. Je n'apprécie pas votre façon de faire comme chez vous, révérend.

Tu baisses la tête, penaud, et souffles :

– Je ne voulais pas vous déranger. Mais bien sûr, vous avez parfaitement raison, j'aurais dû m'adresser à vous.

– N'en parlons plus, répond le Docteur Orchidée. Mais je vous somme de dorénavant vous limiter à votre chambre, à la salle de réception et à la cuisine.

Tu l'as compris : pour toi, l'enquête s'arrête ici… Quel dommage ! Tu venais à peine de te lancer… Le mieux serait sans doute de recommencer au début !

– C'est vrai, le Docteur Lenoir et moi nous sommes disputés tout à l'heure, reconnaît Madame Pervenche.

Elle soupire, avant d'enchaîner :

– Et c'était bien à cause du journal de son oncle. Mais je lui ai dit ce que je pensais de ses accusations et je suis partie ! J'étais très en colère… Je suis allée m'asseoir dans le jardin d'hiver pour me calmer.

– Seule, bien sûr ? rétorques-tu, un sourire aux lèvres. Vous comprendrez que c'est difficile à croire…

– Je vous jure que je ne l'ai pas tué ! s'écrie Madame Pervenche. Vous n'avez aucune preuve !

Ses cris désespérés ne font que renforcer ta conviction et celle des autres invités. C'est donc sans hésitation que vous livrez la veuve à la police quand elle arrive enfin, quelques heures plus tard.

Madame Pervenche est rapidement inculpée… Mais alors que tu t'attendais à ce qu'elle finisse par avouer son crime, elle continue à crier son innocence. Même une fois en prison, elle refuse toujours d'admettre le meurtre.

Et, plus perturbant encore, juste après votre retour de l'île, Mademoiselle Rose a disparu de la circulation. Personne ne sait ce qu'elle est devenue… On parle d'une retraite spirituelle, d'une conversion soudaine.

Des années après, tu t'interroges toujours : aurais-tu commis une terrible erreur ? Un assassin est-il en liberté à cause de toi ? Et une innocente en prison ?

Une chose est sûre : avec le recul du temps,
tu estimes que ton enquête est ratée.
Tu aimerais pouvoir revenir en arrière
et la pousser un peu plus loin…
Alors un conseil : recommence au début !

Madame Pervenche et le Colonel Moutarde se sont tournés vers l'archéologue, comme s'ils attendaient une confession. Le Docteur Orchidée, elle, affiche une expression perplexe.

– Pourtant, reprends-tu d'une voix forte, le Professeur Violet n'est pas le meurtrier.

Cette fois, le visage de Mademoiselle Rose se fige.

– Comment ça ? demande-t-elle faiblement.

– Si vous aviez pris le temps de vous renseigner, ma chère, vous auriez su sans peine que le Professeur Violet était avec le Docteur Orchidée à l'heure du meurtre. Et vous auriez tenté de faire accuser quelqu'un d'autre… Car oui, c'est vous, l'assassin. Vous avez tué le Docteur Lenoir !

Après avoir ménagé un silence pour l'effet dramatique, tu expliques :

– Mademoiselle Rose a tiré sur notre hôte, puis s'est empressée d'aller cacher ce revolver dans la chambre du Professeur Violet pour le faire accuser…

– Vous n'avez aucune preuve de ce que vous racontez ! s'offusque l'actrice.

– Moi, je vous ai vue sortir de sa chambre, annonce soudain le Colonel Moutarde.

Voilà un soutien inespéré ! Tu constates que les convives semblent te croire, à présent. Tu en profites pour demander à Madame Pervenche de t'apporter le sac à main de Mademoiselle Rose.

Tu le fouilles devant tout le monde et quelques instants plus tard… tu en sors un silencieux !

– Et voilà ma preuve ! triomphes-tu. Pour que nous n'entendions pas le coup partir, il fallait que ce revolver soit muni d'un silencieux… Mais vous ne l'avez pas caché avec l'arme, Mademoiselle Rose. Grossière erreur…

L'actrice lance un regard désespéré autour d'elle, comme pour chercher une issue. Puis elle soupire.

– C'est vrai, avoue-t-elle enfin. C'est moi qui ai tué le Docteur Lenoir.

Tu attends sa confession avec impatience en 55.

21

– Je vais aller dire deux mots à Mademoiselle Rose, finis-tu par annoncer au Colonel Moutarde. Je suis curieux de savoir ce qu'elle faisait dans la chambre du Professeur Violet.

Le militaire acquiesce.

– Pendant ce temps, je retourne au salon surveiller l'archéologue, propose-t-il.

– Excellente idée, approuves-tu. Allons-y !

Vous quittez la chambre du colonel après vous être assurés que personne ne rôdait dans les parages. Un rapide coup d'œil dans la salle de réception te montre que Mademoiselle Rose ne s'y trouve plus. Le Professeur Violet est bien là, lui, en grande discussion avec le Docteur Orchidée et Madame Pervenche.

– Essayez de savoir où est passée l'actrice, souffles-tu au Colonel Moutarde en lui faisant signe d'entrer dans la pièce.

Tu restes dans le couloir pour écouter la conversation, et… gagné ! Tu apprends qu'elle a préféré se retirer dans sa chambre.

Est-ce parce qu'elle est trop choquée ? Ou bien parce qu'elle a quelque chose à cacher ? t'interroges-tu, en gravissant de nouveau le grand escalier du manoir.

Arrivé en haut, tu fais la moue. Laquelle des trois chambres restantes abrite la célèbre actrice ? *De toute façon,* réalises-tu, *les autres sont tous en bas.*

Tu n'as donc plus qu'à frapper aux trois portes !

Et c'est lorsque tu toques à la dernière qu'une voix féminine répond :

– Qu'est-ce que c'est ?

Tu prends une profonde inspiration. Il va falloir être bon !

Tu adoptes un ton empli de douceur et de compassion pour annoncer :

– C'est moi, le Révérend Olive.

Tu entends des pas, puis la porte s'ouvre et le visage de l'actrice apparaît dans l'entrebâillement.

Elle te regarde avec un air interrogateur.

– Oui ? demande-t-elle simplement.

À toi de jouer en 64.

22

Le Docteur Orchidée a l'air satisfait de ta réponse.

– Au moment où mon père a été tué, j'étais dans le salon, en train de lire.

– Seule ? interroges-tu, ennuyé.

Ce n'est pas très solide, comme alibi !

– Laissez-moi reprendre depuis le début, réplique-t-elle. Après avoir aidé à conduire les invités jusqu'à leurs chambres, je suis allée dans la bibliothèque. J'y cherchais un livre pour mes recherches en cours, ça m'a pris un petit moment… Bref.

La scientifique marque une pause et déglutit péniblement. Puis elle continue :

– J'ai entendu des voix qui provenaient du bureau de mon père. Une dispute… Je me suis approchée de la porte, mais je ne suis pas entrée. Il y avait une femme avec lui. Je ne voulais pas être intrusive, alors je suis partie m'installer au salon.

Tu fronces les sourcils. Voilà un indice capital ! Le Docteur Lenoir s'est disputé avec une femme peu de temps avant d'être tué.

– Vous savez de qui il s'agissait ? demandes-tu.

– Je vous l'ai dit, je ne l'ai pas vue. Mais je suis presque sûre d'avoir reconnu la voix de Madame Pervenche…

Tu prends note mentalement. La riche veuve occupe désormais la première place sur ta liste de suspects !

– Je lisais depuis un quart d'heure environ, quand mon père est passé me voir.

La voix de la scientifique tremble un peu lorsqu'elle te rapporte leur dernier échange.

– Il avait l'air contrarié. Je lui ai demandé ce qu'il lui arrivait… Mais il n'a rien voulu me dire. Il m'a assuré que tout allait bien et m'a dit qu'il allait faire une partie de billard pour se détendre avant la dégustation…

– Vous êtes peut-être la dernière personne à lui avoir parlé, souffles-tu.

– En dehors de l'assassin… murmure le Docteur Orchidée.

Écoute la suite du récit de la scientifique en 39.

– Jusqu'ici, les interrogatoires t'ont plutôt bien réussi. Tu décides donc d'aller trouver Mademoiselle Rose.

Mais quand tu passes la tête dans la grande salle de réception, tu ne l'y vois plus. Tu questionnes alors le Professeur Violet, qui t'apprend qu'elle a préféré aller se reposer dans sa chambre.

Il faudra que je lui parle, à lui aussi, notes-tu mentalement en le remerciant.

Puis tu te diriges vers l'escalier qui mène aux chambres. Quelques instants plus tard, tu frappes à la porte de l'actrice.

– Oui ?

Son visage est méfiant et fermé, mais ses yeux sont rouges. *On dirait qu'elle a pleuré,* remarques-tu.

Mademoiselle Rose et le Docteur Lenoir étaient sans doute très proches. *Assez pour qu'elle ait une raison de vouloir le tuer ?* t'interroges-tu.

Sans perdre de temps en politesses, tu décides de tenter le tout pour le tout. Tu vas bluffer pour tester ta théorie… et la réaction de l'actrice !

– Je sais que vous vous êtes disputée avec un homme dans la salle de billard, tout à l'heure.

Cette même salle de billard où le Docteur Lenoir a été retrouvé mort.

Madame Pervenche t'a bien dit que votre hôte n'était pas avec l'actrice à ce moment-là, mais tu prêches le faux pour savoir le vrai… En se défendant, Mademoiselle Rose te révélera sûrement avec qui elle était réellement, voire le sujet de la dispute !

Et cela semble fonctionner.

– Asseyez-vous, te répond-elle calmement. Je vais tout vous expliquer.

Docilement, tu prends place dans le gros fauteuil qu'elle te désigne.

– Accordez-moi juste un instant… ajoute l'actrice en passant derrière toi.

– Bien…

Tu n'as pas le temps de terminer ta phrase… Tu ressens une forte douleur au crâne, et tout devient noir autour de toi.

Tu as perdu ! Tu t'es montré imprudent… et tu as fini par te faire tuer. Tu ne sauras jamais qui a assassiné le Docteur Lenoir et pourquoi ! À moins que tu ne décides de recommencer au début…

Tu ne vois pas comment refuser la présence de Mademoiselle Rose sans éveiller les soupçons. Tu acceptes donc, à regret, que l'actrice reste avec toi pour veiller le corps du Docteur Lenoir…

Mal à l'aise, tu croises les mains et fermes les yeux, faisant semblant d'être plongé dans une profonde prière.

Puis tu laisses passer les minutes en espérant que Mademoiselle Rose finira par se lasser de cette activité fort ennuyeuse…

Mais, soudain, l'actrice se met à pousser des cris perçants. Tu rouvres les yeux, paniqué, cherchant un agresseur, une explication. Mais vous êtes toujours seuls dans la pièce !

Mademoiselle Rose semble prise de folie, elle serre ses mains autour de sa gorge, se tire les cheveux en hurlant. Tu te précipites et l'attrapes par les épaules pour tenter de la calmer. Tu peines à lui maintenir les bras pour qu'elle cesse de se faire du mal, quand la porte de la pièce s'ouvre à la volée. Le Colonel Moutarde apparaît, suivi des autres invités.

Tu t'apprêtes à parler, mais Mademoiselle Rose te devance.

– Il a essayé de me tuer ! Arrêtez-le, c'est un fou dangereux !

Aussitôt, le militaire se rue sur toi et t'immobilise.

– C'est elle, qui est folle ! cries-tu. Elle s'est fait ça elle-même, je ne l'ai pas touchée !

Dans un sanglot, l'actrice reprend :

– Il a dû assassiner le Docteur Lenoir, et maintenant il tente de m'étrangler… Éloignez-le de moi, je vous en supplie !

Tu es conduit dans le salon, où tu es ligoté. Les invités se relaient pour te surveiller jusqu'à l'arrivée des policiers, qui t'embarquent sans te laisser t'expliquer. Qui sait si on croira ton histoire ? Évidemment, pour l'enquête, c'est complètement raté ! Un conseil : recommence tout !

Autant profiter de ce que Mademoiselle Rose est seule pour l'interroger! te dis-tu.

Tu quittes donc la salle de réception pour reprendre la direction de la salle de billard. Tu n'as aucune envie de te retrouver une nouvelle fois face au corps du Docteur Lenoir, mais tu te donnes du courage en te répétant que tu agis pour la bonne cause.

Si, grâce à moi, son meurtrier est arrêté et condamné, je me sentirais mieux.

Tu t'apprêtes à entrer quand un bruit sourd dans la pièce voisine attire ton attention. *Ça vient de la bibliothèque*, comprends-tu en poussant jusque-là.

Prudent, tu colles ton oreille à la porte, mais il n'y a plus aucun bruit. Tu frappes tout de même.

– Entrez !

C'est la voix de Mademoiselle Rose qui te répond, et tu te trouves bientôt face à l'actrice, assise dans un fauteuil, un livre à la main.

En te voyant, elle rougit fortement et bredouille :

– Je… C'était trop difficile de rester avec lui… Je suis partie.

Tu rassures Mademoiselle Rose d'un sourire et vas t'asseoir face à elle.

– Ne vous inquiétez pas, je comprends, déclares-tu. Et vous avez raison d'être venue vous isoler ici. Cette bibliothèque est l'endroit idéal pour passer un moment de calme dans cette tempête…

Tu as réussi à amener la conversation là où tu le voulais : tu as prévu d'enchaîner sur la balade que tu as faite dans le parc après ton arrivée, ce qui te permettra ensuite de l'interroger sur ses propres activités à ce moment-là.

Une méthode rusée pour vérifier si, oui ou non, l'actrice a un alibi ! Mais il y a une faille dans ton plan parfait : Mademoiselle Rose semble n'avoir aucune envie de parler du manoir. Elle a un autre sujet en tête…

– Je ne me suis pas isolée pour être au calme, te coupe-t-elle. Mais pour me protéger. Vous ne trouvez pas ça effrayant, vous, d'attendre dans la même pièce qu'un assassin ?

Elle secoue la tête.

– Tout le monde s'applique à ignorer cette réalité. Mais moi, je refuse !

Change de tactique en 42.

– Mon histoire avec Mademoiselle Rose ne s'est pas bien terminée, reprend le Professeur Violet.

– C'est-à-dire ? interroges-tu.

– Eh bien… je l'ai quittée et je viens tout juste d'en épouser une autre. Elle m'en veut énormément… Au point de faire semblant de ne pas me connaître.

Tu hoches la tête. C'est vrai que, à votre arrivée sur l'île, rien n'indiquait que l'archéologue et l'actrice étaient intimes…

– Tout à l'heure, elle est venue me trouver dans la salle de billard, poursuit-il. Elle a eu des mots… très violents. Elle était hors d'elle. Je ne l'avais jamais vue comme ça. Elle me déteste, conclut-il dans un murmure.

– Au point d'essayer de vous faire accuser de meurtre ! complètes-tu, d'une voix lugubre.

– Ça paraît fou, répond le Professeur Violet. Mais d'abord cette dispute… Puis le colonel qui la voit sortir de ma chambre… et cette arme que je n'ai jamais vue de ma vie ! Je ne sais plus quoi penser…

Pour toi, la coïncidence est peu probable. Tous les indices convergent vers la célèbre actrice.

À présent, la question est : avait-elle un mobile pour tuer le Docteur Lenoir ?

Elle ne peut quand même pas avoir monté tout ça uniquement pour se venger du Professeur Violet, songes-tu, perplexe.

Il y a là quelque chose que tu ne comprends pas… et tu détestes ça. Tu te grattes la tête, hésitant.

– Qu'allez-vous faire ? t'interroge le Professeur Violet, qui semble encore plus perdu que toi.

Une chose est sûre : tu ne peux pas compter sur lui pour t'aider à prendre une décision…

Faut-il que je dénonce publiquement Mademoiselle Rose dès maintenant, pour l'empêcher de nuire ? te demandes-tu.

Mais peut-être devrais-tu d'abord aller parler à l'actrice ? L'interroger discrètement sur sa relation avec le Docteur Lenoir, afin de découvrir pourquoi elle aurait commis ce crime ? D'un autre côté, si tu as raison et qu'elle est bien l'assassin, c'est un entretien qui pourrait s'avérer dangereux…

Tu te lèves et te sers un grand verre d'eau. Il est temps de te décider.

Si tu veux accuser publiquement Mademoiselle Rose, va en 16.

Si tu préfères l'interroger pour en savoir plus, rends-toi en 44.

27

Le témoignage du Docteur Orchidée t'a appris beaucoup de choses, mais à présent, il te faut des indices. Et la dispute dont elle t'a parlé s'est déroulée dans le bureau du Docteur Lenoir… un lieu où, par ailleurs, tu pourras sans doute trouver de nombreuses informations intéressantes.

Puisque personne ne semble s'inquiéter de ce que tu fais, tu en profites pour te faufiler jusqu'au bout du couloir et entrer dans la pièce. Tu t'empresses de refermer la porte derrière toi.

C'est une pièce lumineuse et bien rangée, où trône une superbe table en chêne massif. Le docteur était quelqu'un d'ordonné. Au mur, une large bibliothèque emplie de livres.

Tu fais la moue. *Par où commencer ?*

Pour réfléchir, tu t'installes dans le confortable fauteuil de ton hôte. *Voyons… Mettons-nous à la place du Docteur Lenoir… Je viens de me disputer avec Madame Pervenche. Je m'apprête à aller voir ma fille dans le salon. Est-ce que j'ai quelque chose dans la main ?*

Rien ne traîne sur le bureau. Un coupe-papier, des ciseaux, un stylo-plume, un bloc-notes aux feuilles vierges…

Ton regard descend d'un cran et tu découvres une découpe dans le bois. *Un tiroir ?* Il n'y a pas de poignée apparente, mais quand tu appuies dessus…

Bingo ! Il s'ouvre.

Fouille à l'intérieur en 60.

28

– Je vous remercie, Mademoiselle Rose, mais pour accomplir les derniers sacrements, il me semble plus approprié d'être seul, conformément au souhait du Docteur Lenoir.

L'actrice semble surprise, mais elle acquiesce.

– Je viendrai vous chercher dès que j'en aurai terminé, pour que vous puissiez le veiller, proposes-tu.

– Merci, révérend.

Le Docteur Orchidée, qui s'apprêtait à quitter la pièce, a fait demi-tour en entendant ta réponse. Elle s'approche et souffle :

– Je ne savais pas mon père religieux…

En effet, la seule chose en laquelle croyait le Docteur Lenoir, c'était la science. Il va te falloir être convaincant…

Avec un sourire doux, tu rétorques :

– C'est vrai, votre père n'était pas un homme de foi. Mais je me souviens avoir eu cette conversation avec lui un soir, il y a bien longtemps. Bien sûr, je ne sais pas si ce souhait était toujours d'actualité, mais…

– Vous avez raison, te coupe la scientifique. Dans le doute… Je vous laisse.

Ouf, de justesse! penses-tu en voyant la porte de la salle de billard se refermer. Te voilà seul avec le corps du Docteur Lenoir.

Tu t'approches prudemment. Le Colonel Moutarde l'a bougé en tentant de le réanimer, mais quand vous êtes arrivés, tout à l'heure, il était face contre le tapis vert de la table de billard.

On lui a tiré dans le dos, réfléchis-tu. *Il devait être en train de jouer…*

Tu t'approches encore un peu, et ton œil est attiré par la montre du docteur. Le verre s'est fendillé, sans doute au moment où il a heurté la table.

Tiens, la montre est arrêtée, remarques-tu. Voilà une information intéressante : le Docteur Lenoir a été tué à 17 h 52.

Poursuis tes recherches en 73.

?

29

Il faut bien l'avouer : tu n'es pas mécontent de quitter au plus vite cette scène de crime qui te glace le sang !

Après avoir refermé la porte derrière toi, tu pousses un soupir de soulagement. Puis tu te diriges d'un pas rapide vers la salle à manger : tu as bien mérité de goûter à un des vins d'exception du Docteur Lenoir. *Pour me remettre de mes émotions*, te justifies-tu en poussant la porte de la vaste pièce.

Tu t'arrêtes net : on dirait que tu n'es pas le seul à avoir eu cette idée ! Un homme en costume sombre te tourne le dos, un verre de vin rouge à la main.

– Professeur Violet ! t'exclames-tu d'une voix forte qui fait sursauter l'archéologue. Justement, je vous cherchais.

– Révérend Olive ? bredouille-t-il, surpris. Je… j'avais besoin d'un petit remontant, explique-t-il en levant son verre.

– Parce que vous êtes perturbé par cette altercation, enchaînes-tu sur un ton très naturel.

Le Professeur Violet se passe une main sur le front et soupire :

– Oui, il y a de ça… mais c'est surtout la mort du Docteur Lenoir qui… Attendez ! Comment savez-vous, pour la dispute ?

L'archéologue te considère d'un air inquiet.

– Il se trouve que Madame Pervenche vous a entendu…

Après avoir avalé une gorgée de vin, il acquiesce, abattu.

Comme il ne dit plus rien, tu relances :

– Pourquoi votre épouse ne s'est-elle pas jointe à nous, ce week-end ? Vous êtes de jeunes mariés pourtant, vous ne devriez pas avoir envie de vous quitter…

Le Professeur Violet te regarde avec de grands yeux… avant d'éclater de rire ! Tu ne t'attendais pas à cette réaction.

Écoute les explications de l'archéologue en 35.

Il te semble plus prudent de te renseigner sur le Docteur Orchidée avant d'aller lui parler. *Je risquerais d'en dire trop et d'éveiller ses soupçons,* te dis-tu. *Il ne faudrait pas qu'elle puisse détruire des preuves avant l'arrivée de la police.*

Tu arbores un air grave en rejoignant les autres dans la salle de réception. Le Docteur Orchidée et Mademoiselle Rose sont en train de discuter sur le canapé, tandis que le Colonel Moutarde écoute Madame Pervenche, assise un peu plus loin.

Le Professeur Violet est seul devant la baie vitrée, il semble perdu dans la contemplation du parc.

Tu te diriges vers lui.

– Magnifique, n'est-ce pas ?

L'archéologue sursaute, surpris.

– Ah, révérend, c'est vous !

Comme tu te contentes de sourire, il enchaîne :

– Le Docteur Orchidée a tenté d'appeler plusieurs fois, mais la ligne est toujours coupée… Personne ne sait pour combien de temps nous sommes tous coincés ici…

– … avec des inconnus, complètes-tu.

D'un geste du menton, tu désignes la scientifique et demandes :

– Vous aviez déjà rencontré la fille du Docteur Lenoir, vous ?

– Jamais, répond le Professeur Violet. Mais elle doit me trouver bien mal élevé… Nous avons passé plus d'une heure ensemble dans le salon, tout à l'heure, et je ne lui ai pas adressé plus de trois mots !

– Une heure ? répètes-tu, dépité.

– Oui, avant le rendez-vous fixé pour la dégustation, confirme l'archéologue.

Ça ne fait pas mes affaires, ça, songes-tu. *Mon principal suspect a un alibi pour l'heure du crime…*

Change ton fusil d'épaule en 72.

31

Un bon enquêteur suit toujours son instinct, décides-tu.

Tu ne sais plus dans quel film tu as entendu ça, mais, de toute façon, il faut bien que tu tranches !

Tout l'enjeu, maintenant, est la méthode : hors de question de parler au colonel au beau milieu de la salle de réception, où tout le monde pourrait vous entendre… y compris le meurtrier. Deux possibilités s'offrent à toi : tu peux suivre discrètement le Colonel Moutarde et attendre qu'un moment propice se présente ; ou bien tu peux aller le trouver directement et demander à lui parler en privé. Après tout, tu es l'inoffensif Révérend Olive, alors qui refuserait de discuter avec toi ou t'interrogerait sur tes allées et venues ?

Le colonel, qui était en train de regarder par la baie vitrée de la salle de réception, fait soudain volte-face et se dirige vers la porte.

Personne ne semble lui prêter attention. C'est le moment idéal pour passer à l'action !

Pour le suivre, va en 52.

Pour aller l'interroger directement, rends-toi en 17.

?

Même si le mobile du crime t'échappe encore, pour toi, il est évident que Mademoiselle Rose est coupable. Tu décides donc de tenter une accusation publique, dans l'espoir d'arracher des aveux à l'actrice.

– Posez votre verre et venez m'aider ! ordonnes-tu au Professeur Violet. Je suis sûr que vous allez adorer la prochaine scène…

Quand vous parvenez à la salle de réception, tous les invités s'y trouvent. Mademoiselle Rose est assise sur le grand canapé et feuillette un magazine. Sans lui jeter un regard, le Professeur Violet se dirige vers la baie vitrée et se plonge dans la contemplation du parc.

– Mesdames et messieurs, je requiers votre attention quelques minutes ! annonces-tu d'une voix forte.

– Que se passe-t-il ? interroge l'actrice en relevant le nez.

– Comme certains d'entre vous le savent, commences-tu, sûr de toi, j'ai mis à profit ces heures d'attente pour mener ma propre enquête sur la mort du Docteur Lenoir.

Tu lèves une main pour couper court à toute objection et poursuis :

– Et je suis en mesure de vous révéler qui, parmi nous, est un assassin !

Les invités se dévisagent dans un silence grave. Seul le Professeur Violet est resté parfaitement immobile. *Comme s'il ne voulait pas connaître la vérité*, te dis-tu en fixant son dos, très droit dans son costume sombre.

Tout à coup, l'évidence te frappe: cette silhouette… on dirait celle du Docteur Lenoir ! Avec leurs tenues presque identiques, il serait facile de prendre l'un pour l'autre. Sûrement aveuglé par la colère dans une pièce obscure…

Tu souris. Ça y est, toutes les pièces du puzzle se sont mises en place. *Juste à temps !*

Tu portes ton regard sur Mademoiselle Rose en continuant :

– Si le coupable souhaite s'expliquer, c'est le moment ou jamais !

Tu laisses passer quelques secondes sans ciller. Et soudain, l'actrice ouvre la bouche :

– C'est moi !

C'est l'heure des aveux en 15.

Après ton entretien avec Mademoiselle Rose, tu es persuadé qu'il y a quelque chose d'intéressant dans la chambre du Professeur Violet. C'est la façon dont l'actrice a parlé des preuves que la police allait y trouver qui t'a mis la puce à l'oreille…

Tu files donc droit vers la chambre de l'archéologue. Tu te glisses à l'intérieur, après avoir pris soin de vérifier que personne ne te voyait entrer.

Un rapide tour d'horizon t'apprend que le professeur voyage léger : un livre sur la table de chevet, un manteau, deux chemises et un costume accrochés dans l'armoire. Posé par terre, son sac de voyage est ouvert, et un pull en dépasse.

Tu te penches pour jeter un coup d'œil à l'intérieur et, soudain, un reflet attire ton regard. Tu plonges la main et… en ressors un revolver !

Il te faut quelques secondes pour te remettre de ta surprise. *C'est donc ça que Mademoiselle Rose voulait faire trouver aux policiers…* comprends-tu.

Pour toi, ça ne fait aucun doute : tu tiens l'arme du crime dans ta main… et elle a été placée dans le sac par l'actrice pour faire accuser le Professeur Violet. Mais pour quelle raison ?

La deuxième étape de ton raisonnement est logique : si Mademoiselle Rose possédait l'arme du crime, c'est qu'elle est l'assassin. Mais là encore, il te manque des éléments : pourquoi aurait-elle tué le Docteur Lenoir ?

Tu frissonnes en pensant au long moment que tu viens de passer seul avec l'actrice dans la bibliothèque. *Il faut que je l'empêche de nuire jusqu'à l'arrivée des autorités !* songes-tu. Si tu l'accuses publiquement, les invités pourront t'aider à la neutraliser.

Mais Mademoiselle Rose ne s'en est prise à personne d'autre, pour l'instant, te dis-tu. *J'ai sûrement le temps d'enquêter encore un peu…*

Quel que soit ton choix, il ne faut pas traîner. Que vas-tu faire ?

Si tu veux accuser publiquement Mademoiselle Rose, rends-toi en 71.

Si tu préfères continuer à fouiner dans le manoir, va en 68.

– Je suis désolé, déclares-tu à Mademoiselle Rose, mais je me dois d'intervenir.

– Que voulez-vous dire ? te demande-t-elle, en ouvrant de grands yeux.

– Je dois dénoncer le Professeur Violet, expliques-tu. Il en va de la sécurité de tous les invités.

L'actrice acquiesce tristement.

– Je n'aurais jamais cru… murmure-t-elle. Il est si…

De nouveau, elle éclate en sanglots.

Sans prendre le temps de la consoler, tu descends au salon. Tu entres d'un pas décidé et annonces :

– Je sais qui a tué le Docteur Lenoir !

Tous les visages se tournent vers toi, stupéfaits et choqués.

D'un geste théâtral, tu sors le revolver de ta poche, arrachant un cri de terreur au Docteur Orchidée.

– C'est vous ? demande-t-elle, d'une voix blanche.

– Mais enfin, qu'est-ce qui vous prend ? s'indigne Madame Pervenche au même moment.

Tu secoues la tête.

– Calmez-vous ! ordonnes-tu d'une voix forte. Je viens de vous montrer l'arme du crime. Et je l'ai trouvée… dans les affaires du Professeur Violet, ici présent !

Un silence de quelques secondes suit ta déclaration. L'archéologue te fusille du regard, mais c'est le Docteur Orchidée qui prend la parole.

– Vous devriez avoir honte, révérend ! s'écrie-t-elle. Le Professeur Violet était avec moi au moment où mon père a été tué. Nous n'avons pas bougé du salon !

Tu fronces les sourcils, incrédule.

– Comment osez-vous m'accuser ? grogne l'archéologue, furieux. Et, en plus, vous avez fouillé dans mes affaires ? De quel droit ?!

– Mais… bredouilles-tu, déstabilisé. Peu importe, j'ai trouvé ce revolver ! Niez-vous qu'il vous appartienne ?

– Vous êtes complètement fou ! rétorque le Professeur Violet. Bien sûr que je le nie. Je n'ai jamais vu cette arme de ma vie !

Après une pause, il lâche :

– Je ne vois qu'une explication : c'est vous qui l'avez mise là pour me faire accuser !

– Pas du tout ! protestes-tu. Colonel, dites-le-lui !

Le Colonel Moutarde semble perdu.

– Vous auriez pu cacher le revolver avant, marmonne-t-il.

Cette fois, tu paniques franchement.

– Je… Non ! Vous ne comprenez donc pas ? t'écries-tu. C'est simple : le Docteur Orchidée est son complice.

– Ça suffit, tranche le colonel d'une voix ferme. Donnez-moi cette arme, je la garde jusqu'à l'arrivée de la police. Et d'ici là, vous ne bougez plus d'ici, c'est compris ?

Inutile d'argumenter, plus personne ne te croit.
Tu n'as pas le choix : tu dois obéir.
Tu n'as plus aucune chance d'enquêter, à présent. Il n'y a plus qu'à espérer que les policiers réussiront à résoudre cette affaire.
Pour toi, c'est raté ! Si tu es frustré, n'hésite pas à recommencer au début !

?

35

Le Professeur Violet s'essuie les yeux, avant d'expliquer, devant ton air perplexe :

– Pardonnez-moi… J'imaginais simplement le scandale !

– Quel scandale ? relèves-tu.

L'archéologue s'assoit sur une chaise de la salle à manger et t'invite à faire de même.

– La dispute que Madame Pervenche a entendue, reprend-il, en retrouvant son sérieux. C'était au sujet de mon mariage, justement. Mademoiselle Rose et moi étions en couple, et je l'ai quittée pour épouser celle qui est à présent ma femme.

Tu lèves les sourcils, stupéfait. Depuis votre arrivée sur l'île, tous deux ont soigneusement évité de montrer qu'ils se connaissaient !

– Je ne savais pas qu'elle serait présente, sinon j'aurais refusé l'invitation, bien sûr. Mais elle ne semblait pas au courant de ma présence non plus. Elle est venue me trouver dans la salle de billard, hors d'elle. Elle avait appris mon récent mariage…

– Et la nouvelle ne lui a pas plu, complètes-tu.

– C'est peu de le dire ! approuve le Professeur Violet.

La fureur de Mademoiselle Rose... réfléchis-tu. *Elle n'était pas dans son état normal... Est-ce qu'elle aurait pu aller jusqu'à commettre un crime ?*

Tu fais la moue. Quelque chose ne colle pas.

Mais pourquoi s'en prendre à son ami, le Docteur Lenoir ? t'interroges-tu. *Lui reprochait-elle d'être allé au mariage du Professeur Violet ?*

Tu sens que tu es tout proche de la vérité, mais tu ne parviens pas encore à y voir clair...

Tu ne peux pas rester là, à regarder l'archéologue siroter son verre de vin. Préfères-tu prendre Mademoiselle Rose à part, pour vérifier ta théorie ? Ou bien carrément tenter une accusation publique, pour la pousser à avouer ?

Si tu décides de parler à Mademoiselle Rose en privé, va en 8.

Si tu choisis de l'accuser devant tous les autres invités, rends-toi en 32.

36

Après réflexion, la piste évoquée par le Colonel Moutarde te semble bien légère. Il te paraît nettement plus intéressant d'aller parler au Docteur Orchidée. *Progresser méthodiquement est la clef*, te dis-tu.

Tu peux déjà rayer le militaire de ta liste de suspects. Il est temps d'aller discuter avec la fille adoptive du Docteur Lenoir.

Rends-toi en 61.

Curieux, tu ouvres la pochette rose et parcours le premier document qui s'y trouve. C'est une sorte de dossier de présentation. Le jargon est difficile à suivre, mais tu crois comprendre qu'il s'agit de recherches médicales : une plante dont l'usage pourrait être révolutionnaire, promet l'argumentaire.

Tu tournes la page et lis le second document : une lettre des autorités sanitaires, informant que le produit n'a pas passé les contrôles avec succès.

Enfin, tu remarques le nom du destinataire : Docteur Orchidée.

Alors ça !

Tu tournes la page et découvres un plan de financement soumis par la scientifique… à son père adoptif, le Docteur Lenoir.

Mais alors, le Post-it…, comprends-tu. *Cela signifie que le Docteur Lenoir a refusé de subventionner les recherches de sa fille adoptive.*

Toi qui cherchais un mobile qui expliquerait le meurtre, te voilà servi ! Ton enquête a maintenant un suspect : le Docteur Orchidée…

Reste à savoir ce que tu vas faire de cet élément.

Ton premier mouvement serait d'aller interroger la scientifique directement pour en apprendre plus sur ce fameux projet. Mais, d'un autre côté, peut-être ferais-tu mieux d'emprunter une voie plus détournée. Essayer de te renseigner sur elle auprès des autres invités, par exemple. L'un d'eux saura peut-être quelque chose…

Que préfères-tu ?

Si tu veux interroger le Docteur Orchidée, c'est en 63.

Si tu choisis de te renseigner à son sujet, va en 30.

38

– Et avez-vous le moindre début d'élément pour vous disculper? demandes-tu. Ou un indice qui désignerait quelqu'un d'autre? Si vous voulez que je vous croie, il faut que vous me donniez quelque chose!

Madame Pervenche réfléchit, le regard vers le sol. Soudain, elle s'écrie :

– Une dispute! J'en ai entendu une, moi aussi…

– Comment ça? interroges-tu. Le Docteur Lenoir s'est querellé avec quelqu'un d'autre?

La veuve secoue la tête.

– Non, ce n'était pas notre hôte. Il était dans son bureau, dont je venais de sortir. C'était un homme, dans la salle de billard… Il se disputait avec une femme, ça, j'en suis sûre. Mais je ne connais pas leur identité…

Madame Pervenche passe une main sur son front.

– J'étais bouleversée, je n'y ai pas tellement prêté attention…

Tu fais la moue, puis annonces :

– Je vous laisse le bénéfice du doute. Je vais enquêter sur cette nouvelle piste… Et je vous conseille de prier pour qu'elle aboutisse, si vous ne voulez pas finir vos jours en prison!

La veuve te regarde droit dans les yeux.

– Je ne l'ai pas tué, répète-t-elle lentement.

Tu as promis de suivre la piste de cette seconde dispute… Mais par quel bout veux-tu la prendre ? Tu pourrais interroger Mademoiselle Rose, la seule femme à laquelle tu n'as pas encore parlé… Ou bien aller fouiller la salle de billard. C'est à la fois le lieu de la dispute et celui du crime. Il y a forcément quelque chose à y apprendre ! Que décides-tu ?

Si tu veux questionner Mademoiselle Rose, va en 23.

Si tu choisis d'aller fouiller la salle de billard, rends-toi en 65.

39

Le Docteur Orchidée prend un mouchoir. Tu détournes la tête pour lui laisser un peu d'intimité. Selon toi, son chagrin est sincère, ça ne fait aucun doute.

Après un certain temps de silence, elle continue :

– Pas plus d'une minute après le départ de mon père, le Professeur Violet est arrivé dans le salon. Il était perdu dans ses pensées, préoccupé… à tel point qu'il a mis un moment à se rendre compte que j'étais là ! Nous avons échangé deux phrases, puis il a sorti un petit carnet et a commencé à écrire.

– Il est resté avec vous jusqu'à l'heure prévue pour la dégustation ? interroges-tu.

– Oui, acquiesce la scientifique. Nous nous sommes rendus ensemble à la salle à manger…

Reprenant un peu de force, le Docteur Orchidée conclut.

– Au moins, vous pouvez rayer deux suspects de votre liste !

Tu hoches la tête gravement. Cette discussion avec la scientifique t'a beaucoup aidé, en effet.

Après l'avoir remerciée, tu quittes le jardin d'hiver et empruntes le couloir.

Ta priorité, à présent, c'est d'en apprendre plus sur cette fameuse dispute entre le Docteur Lenoir et la femme mystère… *Sans doute Madame Pervenche*, songes-tu. *Je pourrais peut-être aller fouiller sa chambre pendant qu'elle est dans la salle de réception avec les autres…*

Au bout du couloir se trouve le bureau du Docteur Lenoir. Peut-être y ont-ils laissé quelque chose ? Un indice ? Une trace ?

Trouver la preuve que Madame Pervenche y est passée serait déjà une avancée dans ton enquête… Par où commencer ?

Si tu te faufiles à l'étage pour chercher la chambre de Madame Pervenche, rends-toi en 6.

Si tu pousses jusqu'au bureau du Docteur Lenoir, va en 27.

Les autres vont bientôt parvenir aux mêmes conclusions que moi, si ce n'est pas déjà fait, te dis-tu. *Si je veux mener l'enquête à ma façon, je dois établir ma position tout de suite…*

Sans compter que tu n'as aucune envie que le coupable frappe à nouveau. Tu tiens à ta peau !

D'une voix assez forte pour couvrir celles des autres, tu annonces :

– Chers amis ! Ne cédons pas à la panique !

Comme tu l'avais prévu, le calme revient. Les visages se tournent vers toi.

– Vous l'avez sans doute tous compris : le Docteur Lenoir a été assassiné.

Tu lèves la main pour arrêter les commentaires et enchaînes aussitôt :

– Et le coupable est donc parmi nous. C'est pour cette raison que je vous demande de rester groupés. Nous devons tirer cette affaire au clair.

– Pour qui vous prenez-vous, mon vieux ? réplique le Colonel Moutarde. Vous êtes révérend, pas policier !

Et il n'est pas le seul à protester : ton annonce a déclenché un véritable tollé. Comme si tout le monde était soulagé de pouvoir se défouler sur un ennemi commun. Pas de chance, c'est toi ! Évidemment, tu passes le reste de la journée sous étroite surveillance. Impossible d'enquêter…

Tu as fait le mauvais choix !
Tu n'as plus qu'à attendre l'arrivée des autorités.
Et, bien sûr, quand les policiers enquêteront,
ils découvriront que tu n'es pas vraiment
révérend. Tu risques fort d'être
leur suspect principal…
Un conseil : recommence au début !

41

Une fois dans la chambre du Colonel Moutarde, tu lui racontes ce que tu viens de découvrir.

Et pour achever de convaincre le militaire, tu lui montres le revolver que tu as trouvé dans les affaires du Professeur Violet.

Le colonel se gratte le menton et remarque :

– Si Mademoiselle Rose a découvert la même chose que vous, pas étonnant qu'elle ait été bouleversée !

Tu hoches la tête.

– Il y a une autre possibilité, ajoutes-tu. Vous ne vous êtes pas demandé pourquoi elle était dans cette chambre ? Et si l'actrice et l'archéologue étaient complices...

Le militaire soupire.

– Je n'avais pas pensé à ça… Que voulez-vous faire ?

Tu réfléchis, le cœur battant. Tu n'es pas vraiment habitué à avoir une arme dans la poche…

Je dois agir vite, avant qu'on s'aperçoive que le revolver a disparu, te dis-tu. *Qui sait comment le tueur pourrait réagir ?*

Deux options s'offrent à toi : aller trouver le Professeur Violet et lui demander ce que faisait cette arme dans ses affaires, ou bien interroger Mademoiselle Rose sur la raison de sa présence dans la chambre de l'archéologue…

Si tu décides d'aller parler à Mademoiselle Rose, rends-toi en 21.

Si tu préfères confronter le Professeur Violet à ta découverte, va en 7.

?

Tu hoches la tête d'un air grave, alors que tu n'as qu'une envie : rire au nez de Mademoiselle Rose. Que l'actrice t'explique, à toi, qu'il faut s'intéresser au meurtre, tu trouves ça… savoureux !

Elle a beau faire de grands discours, c'est moi qui mène l'enquête, pas elle ! te dis-tu. Ce qui t'arrange, c'est que sa déclaration va te permettre d'être plus direct avec elle.

– Vous soupçonnez quelqu'un ? demandes-tu en feignant un air inquiet.

Mademoiselle Rose acquiesce, puis se penche vers toi pour chuchoter :

– Le Professeur Violet ! Je suis sûre que c'est lui, le tueur !

Tu ouvres de grands yeux.

– Pourquoi ? réponds-tu sur le même ton, bien que personne ne puisse vous entendre.

– J'ai mes raisons, déclare mystérieusement l'actrice. Mais la police trouvera des preuves, j'en suis certaine !

Puis elle se recule dans son fauteuil avec un air satisfait. De ton côté, tu t'interroges. Pourquoi Mademoiselle Rose est-elle aussi affirmative ? Et pourquoi désigne-t-elle un invité qui, selon les informations dont tu disposes, a un alibi pour l'heure du meurtre ?

Tu prends congé de l'actrice en lui promettant de surveiller l'archéologue.

Une fois dans le couloir, tu t'arrêtes, perplexe. Il y a quelque chose de louche là-dedans… Tu veux en avoir le cœur net. Mais, pour cela, préfères-tu fouiller la chambre du Professeur Violet… ou bien celle de Mademoiselle Rose ?

Si tu te diriges vers la chambre de l'archéologue, c'est en 33.

Si tu vas fouiller celle de l'actrice, rends-toi en 68.

43

Le Docteur Orchidée est livide.

Elle a écouté la confession de l'actrice, impassible. *Ce doit être terrible, d'apprendre que son père a été tué par erreur,* penses-tu en l'observant.

Mais quand elle ouvre la bouche, c'est avec un grand calme qu'elle demande :

– Pourquoi n'avons-nous pas entendu le coup de feu? Je me trouvais au rez-de-chaussée, à quelques mètres de la salle de billard…

– Et moi, j'étais dans le salon d'hiver, juste à côté, renchérit Madame Pervenche. Et je n'ai rien entendu non plus.

Mademoiselle Rose se penche pour attraper son sac à main, mais le Colonel Moutarde s'interpose.

– Qu'est-ce que vous faites? Vous avez une autre arme là-dedans?

– Regardez vous-même, réplique l'actrice avec indifférence.

L'instant d'après, le militaire brandit un silencieux.

– Voilà l'explication, déclare-t-il.

Tu hoches la tête, satisfait. Vous savez tout, à présent.

Fin

Félicitations ! Tu es un enquêteur hors pair. Tu as su prendre les bonnes décisions pour parvenir à résoudre cette sinistre affaire. Grâce à toi, les policiers n'ont plus qu'à embarquer Mademoiselle Rose à leur arrivée, quelques heures plus tard. Mobile, arme et coupable, tu leur sers tout sur un plateau. Peut-être as-tu un avenir comme détective ?

– Il est temps que j'aille parler à Mademoiselle Rose, décides-tu.

Le Professeur Violet acquiesce, soulagé que tu prennes les choses en main. Il semble complètement déboussolé. *C'est logique*, te dis-tu. *Je viens de lui apprendre que quelqu'un voulait le faire accuser du meurtre du Docteur Lenoir !*

Tu lui recommandes de se faire discret en attendant ton retour, puis tu quittes la cuisine à pas lents. Tu es convaincu que l'actrice est impliquée dans le crime, mais tu n'arrives pas encore à assembler toutes les pièces du puzzle.

Il faut que je me montre prudent, penses-tu. *Si Mademoiselle Rose est bien l'assassin, je prends un gros risque en allant la trouver seul.*

Quelques instants plus tard, tu frappes à la porte de sa chambre. Le visage de l'actrice apparaît dans l'encadrement.

– Ah, c'est vous, révérend, te dit-elle.

Tu remarques ses yeux rougis.

– Puis-je entrer ? demandes-tu de ta voix la plus douce. J'ai appris que vous ne vous sentiez pas bien…

Mademoiselle Rose s'écarte pour te laisser passer.

– Je n'arrive toujours pas à y croire, te confie-t-elle en s'affalant sur son lit. C'est affreux…

Tu t'assois en face d'elle, sur un gros fauteuil.

– Oui, nous sommes tous très choqués, confirmes-tu. Même si, pour ma part, je n'étais pas vraiment un intime du docteur…

Tu marques une courte pause, puis tu reprends sur un ton de confesseur :

– Vous vous connaissiez depuis longtemps, n'est-ce pas ?

L'actrice acquiesce douloureusement, et tu t'empresses de lui donner un mouchoir. *Son chagrin semble sincère*, notes-tu. *Ou alors, c'est une excellente comédienne…*

– Nous étions amis depuis des années, souffle-t-elle. Il m'a toujours beaucoup aidée, soutenue…

Mademoiselle Rose serre le poing, soudain en colère. Puis elle tend la main vers le livre posé sur sa table de nuit et en tire une photo qu'elle te remet. Dessus, tu reconnais l'actrice, en compagnie du Docteur Lenoir. Tous deux ont l'air très jeunes. En tenue de randonnée, ils sourient devant un superbe panorama.

Mademoiselle Rose s'essuie les yeux, perdue dans ses pensées. Elle paraît ne plus avoir vraiment conscience de ta présence.

Poursuis l'interrogatoire en 51.

45

Non, décidément, tu ne peux pas éliminer le Docteur Orchidée de ta liste de suspects.

Comme tu ne peux pas entamer la discussion en demandant à la scientifique si elle avait des raisons de vouloir tuer son père adoptif, tu t'engages sur un sujet moins délicat.

– En allant me promener tout à l'heure, j'ai découvert votre charmante petite chapelle. Les fresques intérieures sont superbes.

Le Docteur Orchidée te répond avec un sourire poli.

– Nous avons la chance de vivre dans un lieu magnifique. Enfin… j'ai, se corrige-t-elle avec une grimace douloureuse.

– Navré, souffles-tu. Je ne voulais pas… La promenade m'a fait du bien, voilà tout. Et vous, avez-vous pu vous reposer un peu ? J'imagine que la préparation de ce week-end vous a épuisée…

La scientifique lève un sourcil.

– Non, mon père s'est occupé de tout, réplique-t-elle.

– Ah, je vois. Vous aviez du travail, peut-être ? Le Docteur Lenoir avait mentionné votre brillante carrière…

Cette fois, le Docteur Orchidée a un petit sourire moqueur.

– Vous n'êtes pas mauvais à ce petit jeu, Révérend…

– Pardon ? demandes-tu, en jouant de ton mieux les innocents.

– Vous essayez de me faire dire ce que je faisais au moment du meurtre, n'est-ce pas ? Ne niez pas, j'y ai pensé, moi aussi… L'idée qu'un assassin se trouve parmi nous me glace le sang.

Elle passe une main sur son front, puis soupire :

– Je vais vous répondre… Mais promettez-moi une chose : si votre petite tentative d'enquête porte ses fruits, je veux être la première au courant. C'est compris ?

Le regard qu'elle plonge dans le tien est froid et déterminé. Tu hésites : quel sort réserverait la scientifique au coupable ?

– Bien sûr. Il s'agit de votre père, c'est parfaitement normal.

Après tout, t'amuses-tu intérieurement, *je n'ai jamais tenu mes promesses… Je ne vois pas pourquoi je commencerais aujourd'hui !*

Écoute le Docteur Orchidée en 22.

46

Plutôt que de te lancer dans des fouilles, tu préfères poursuivre tes interrogatoires. Tu vas donc trouver Mademoiselle Rose, déterminé à la fois à apprendre ce qu'elle faisait au moment du meurtre et à lui demander des informations sur Madame Pervenche…

Mais rien ne se déroule comme prévu !

À peine as-tu commencé à questionner l'actrice qu'elle te coupe pour te parler du meurtre du Docteur Lenoir.

– Je trouve ça fou qu'on soit tous là, en train d'attendre sans rien faire, alors qu'il y a un assassin parmi nous ! s'emporte-t-elle.

Tu hoches la tête et fais mine de te confier à elle.

– Je suis bien d'accord avec vous. Pour tout vous avouer, je trouve le comportement de Madame Pervenche très étrange… Connaissez-vous le rapport qu'elle entretenait avec notre hôte ?

À ta grande surprise, l'actrice secoue la tête, agacée.

– Vous faites fausse route, révérend ! te dit-elle. Je suis rassurée de voir que vous vous interrogez, vous aussi. Mais celui qu'il faut surveiller, c'est le Professeur Violet !

– Ah oui ? Vous savez quelque chose ?

Mademoiselle Rose acquiesce d'un air grave.

– Je ne peux pas tout vous dire, souffle-t-elle. Mais je suis sûre de mon coup ! Je vous parie que, quand la police sera sur les lieux, elle trouvera des preuves pour confirmer ce que j'avance…

Tu remercies l'actrice avec chaleur et quittes la pièce, assez perturbé.

Réfléchis à ce que tu viens d'apprendre en 75.

La pièce dans laquelle le Colonel Moutarde t'a entraîné est le bureau du Docteur Lenoir ! Le militaire est à présent en train de chercher quelque chose dans les tiroirs du secrétaire, et tu te demandes une nouvelle fois ce que tu fais là.

– Ah, ça y est, j'ai trouvé ! s'exclame soudain le colonel en brandissant une feuille. Regardez !

Il te tend le document, que tu parcours rapidement. Il s'agit d'une offre d'emploi signée de la main du Docteur Lenoir et destinée… au Colonel Moutarde !

– Je n'avais aucune raison de tuer notre hôte, te dit ce dernier. Sa mort me fait, au contraire, perdre beaucoup. Si le Docteur Lenoir était encore vivant, je prendrais très bientôt mon poste à la tête de la sécurité de son groupe… et je gagnerais fort bien ma vie !

Tu acquiesces. Effectivement, ça ressemble bien à l'inverse d'un mobile.

– Intéressant, réponds-tu, pensif.

– Si j'ai bien compris, révérend, vous menez l'enquête, reprend le Colonel Moutarde. À présent que je suis rayé de votre liste de suspects, j'aimerais vous aider.

Il rit avant d'ajouter :

– C’est quand même plus ma spécialité que la vôtre ! Même si on se méfie moins de vous, je vous l’accorde…

Tu ne t’attendais pas à cette proposition. Tu as toujours préféré travailler seul, mais le militaire a avancé un bon argument. Et puis tu n’as pas un temps infini pour résoudre cette affaire et éviter que les policiers n’enquêtent sur toi !

D’un autre côté, le colonel est-il vraiment capable de jouer les détectives discrets ? C’est un peu placer un éléphant dans un magasin de porcelaine… Et si vous mettez la puce à l’oreille du meurtrier, qui sait comment il pourrait réagir ?

– Alors, mon vieux, qu’en dites-vous ? insiste le Colonel Moutarde.

Si tu acceptes la proposition du colonel, rends-toi en 14.

Si tu préfères faire cavalier seul, va en 10.

Comme tout le monde, tu as entendu parler du Colonel Moutarde dans la presse. Il est suspecté dans une affaire financière louche… *Et si le Docteur Lenoir avait été au courant de quelque chose ? Ou avait essayé de le faire chanter ?* réfléchis-tu. *Dans les deux cas, le militaire est bien le genre d'homme à se débarrasser de ses ennemis…*

Tu décides donc d'aller lui poser quelques questions. Et la discussion avec le Professeur Violet t'a appris quelque chose : avant de perdre ton temps à chercher un mobile, mieux vaut t'assurer que ton suspect n'a pas d'alibi pour l'heure du crime !

Tu entames la conversation sur un sujet neutre : le splendide manoir du Docteur Lenoir.

– J'ai pu profiter du parc, tout à l'heure, déclares-tu. Je suis allé visiter la charmante petite chapelle qu'on distingue par la fenêtre.

Puis, avec l'expression polie de celui qui s'intéresse à ses congénères, tu interroges :

– Et vous, colonel ? Qu'avez-vous fait ?

– Vous me prenez pour un bleu ? réplique aussitôt le militaire, dont le visage est plus fermé que jamais. Vous me demandez ce que je faisais au moment du meurtre, c'est ça, *révérend*?

La façon dont il appuie sur ce dernier mot te met la puce à l'oreille. Saurait-il quelque chose ?

Tu lèves les mains en signe d'apaisement, mais le Colonel Moutarde ne te laisse pas reprendre.

– Figurez-vous que le Docteur Lenoir voulait m'embaucher pour gérer la sécurité de son groupe, et m'avait donné la liste de ses invités de ce week-end... Comme vous pouvez l'imaginer, j'ai mené ma petite enquête. C'est ma spécialité…

Cette fois, c'est sûr, je suis cuit, constates-tu, livide.

– Oui, vous avez raison de vous en faire, conclut le militaire. Je sais que vous n'êtes pas plus révérend que moi. Et je vous ai à l'œil. Alors cessez immédiatement vos manigances, compris ?

Tu ne peux qu'acquiescer. D'un pas lourd, tu vas t'asseoir dans l'un des fauteuils de la salle de réception. L'attente va être longue…

Fin

Tu l'as compris : ton enquête s'arrête là. Pas de chance ! La bonne nouvelle, c'est que tu peux toujours recommencer au début !

49

Tu disposes de trop d'indices pour laisser Madame Pervenche dans la nature. *Elle pourrait essayer de s'enfuir… ou pire, frapper à nouveau !* t'inquiètes-tu.

Il est temps de passer à l'action.

Tu commences par réunir tout le monde dans la salle de réception, en expliquant que tu as une déclaration importante à faire. Les convives n'ont pas tous l'air ravis, mais ils s'exécutent. Ce n'est pas comme s'ils avaient d'autres loisirs en perspective, de toute façon.

– Je sais qui a tué le Docteur Lenoir ! prétends-tu d'une voix forte. Et je sais surtout pourquoi…

Tu brandis le journal de Charles-Édouard Lenoir comme pièce à conviction.

– Qu'est-ce que c'est ? interroge le Professeur Violet, curieux.

– Dans ce carnet, l'oncle du Docteur Lenoir a consigné ses soupçons, révèles-tu. Soupçons qui concernaient une personne ici présente, parmi nous.

Les invités retiennent leur souffle. Tout se déroule exactement comme tu l'avais prévu.

– Madame Pervenche ! accuses-tu enfin, théâtral.

Tu poursuis tes explications, en précisant le mobile de la veuve et en y ajoutant le témoignage accablant du Docteur Orchidée.

Quand la fille adoptive du Docteur Lenoir confirme la dispute, tu vois que tous les autres invités sont convaincus.

– Ce n'est pas ce que vous croyez! proteste Madame Pervenche.

Écoute la défense de la veuve en 19.

50

Une fois dans la cuisine, tu fermes la porte avant de te tourner vers le Professeur Violet.

– Vous pouvez cesser votre comédie ! lui dis-tu sur un ton dur. J'ai trouvé votre arme. Et je suis prêt à parier que la balle qui a tué le Docteur Lenoir provient de cette arme…

L'archéologue ouvre de grands yeux, stupéfait.

– Quoi ? Mais enfin… vous n'êtes pas bien ! De quoi parlez-vous ?!

D'un geste, tu sors le revolver de ta poche et le brandis.

– Voici ce que j'ai découvert dans votre sac de voyage ! accuses-tu.

– Vous avez fouillé dans mes affaires ?

Le Professeur Violet semble complètement dépassé. Soudain, une lueur éclaire son visage. Il se redresse et te déclare :

– Attendez un peu ! J'étais avec le Docteur Orchidée dans le salon au moment où le Docteur Lenoir a été tué ! Demandez-le-lui, elle vous le confirmera !

C'est à ton tour de ne plus rien y comprendre. *Il a l'air parfaitement sûr de lui quand il parle du Docteur Orchidée,* te dis-tu. *Mais alors, s'il a un alibi… que faisait l'arme dans son sac ?*

L'archéologue paraît soulagé un instant… puis, réalisant ce qui vient de se passer, il se met en colère.

– Maintenant, c'est à votre tour de vous expliquer, révérend ! exige-t-il. Pourquoi avez-vous fouillé ma chambre ?

Tu soupires.

– Le Colonel Moutarde a vu Mademoiselle Rose en sortir. Elle semblait bouleversée. J'ai voulu en avoir le cœur net…

– Mademoiselle Rose ? Dans ma chambre ? répète l'archéologue, l'air de plus en plus effaré.

– Vous savez ce qu'elle y faisait ?

Le Professeur Violet est embarrassé.

– Eh bien… j'ai peut-être une idée... Mais non, c'est impossible ! se reprend-il.

– Qu'est-ce que vous ne me dites pas ? lui demandes-tu.

Ton interlocuteur se laisse tomber sur une chaise et souffle :

– Mademoiselle Rose et moi… nous avons eu une relation. Nous étions en couple.

Assieds-toi pour écouter la révélation du Professeur Violet en 26.

51

– Et les autres invités ? demandes-tu. Vous savez si l'un d'eux en voulait au Docteur Lenoir ? Il vous a peut-être parlé d'une dispute…

Si Mademoiselle Rose se met à accuser le Professeur Violet, cela te permettra de confirmer ta théorie selon laquelle elle cherche à le piéger… Et la réaction de l'actrice va au-delà de tes espérances !

– Je ne fais pas confiance à ce soi-disant « Professeur » Violet. Le Docteur Lenoir finançait la plupart de ses fouilles, qui ne donnaient d'ailleurs jamais grand-chose…

En voyant le regard empli de haine de l'actrice, tu as soudain une illumination. *La dispute, la salle de jeu… Mais bien sûr !*

– C'était un accident, murmures-tu.

– Pardon ? interroge Mademoiselle Rose, avec l'air d'une bête traquée.

– Je cherchais votre mobile, poursuis-tu, sur un ton plus assuré. Mais vous n'en avez pas. Vous êtes vraiment dévastée par la mort du docteur. Parce que ce n'est pas lui que vous visiez… mais le Professeur Violet !

Termine ton accusation en 66.

Tu attends que le Colonel Moutarde franchisse la porte de la salle de réception. Puis, après avoir vérifié que personne ne t'observait, tu t'avances à ton tour.

Il ne faut pas traîner, sinon tu ne le retrouveras pas… Tu jettes un rapide coup d'œil dans le couloir : gagné, tu distingues la massive silhouette du militaire entrant dans la cuisine !

Tu le suis prudemment et te postes à côté de la porte, avant de te pencher discrètement pour voir à l'intérieur. *Personne !* constates-tu, effaré.

Où est passé le colonel ?

Tu pénètres dans la pièce et regardes partout autour de toi, perplexe. Il n'a pas pu disparaître comme ça, tout de même !

À force de chercher, tu finis par noter une démarcation étrange sur le carrelage. *Une trappe !* comprends-tu, en réussissant à en actionner le mécanisme.

La rumeur dit que le manoir du Docteur Lenoir est truffé de passages secrets. Il semble que tu en aies découvert un… et que tu ne sois pas le seul !

Prudemment, tu descends l'échelle qui plonge dans le sous-sol après avoir refermé la trappe derrière toi. Tu es ravi de constater qu'un interrupteur a été installé à l'entrée du tunnel et que le passage est confortablement éclairé.

C'est donc d'un pas confiant que tu le parcours. Après plusieurs minutes de marche, tu débouches face à une nouvelle échelle, que tu gravis rapidement. Là aussi, une trappe permet d'accéder au passage secret ou, comme dans ton cas, d'en sortir.

Tu la pousses et passes la tête, quand soudain…

– Qu'est-ce que vous faites ici, révérend ?

La voix forte du Colonel Moutarde est reconnaissable entre mille. En levant les yeux, tu l'aperçois, les poings sur les hanches.

Tu dois improviser, et vite !

Avec un petit rire, tu te hisses dans la pièce, qui n'est autre que le bureau du Docteur Lenoir.

– Eh bien, j'explore ! réponds-tu sur un ton léger. J'avoue que je me suis laissé prendre par la curiosité… Ce n'est pas tous les jours qu'on peut emprunter un passage secret !

Comme le colonel t'observe d'un air suspicieux, tu ajoutes :

– Et vous ? Cherchiez-vous quelque chose dans les affaires de notre hôte ?

Ton interlocuteur fronce les sourcils. Il ne semble pas apprécier ta question.

– Je ne sais pas à quoi vous jouez, révérend. Mais une chose est sûre : je vous ai à l'œil. Retournons au salon !

Le Colonel Moutarde est un homme habitué à ce qu'on obéisse à ses ordres, et tu le suis, penaud.

Malheureusement pour toi, le Colonel Moutarde tient parole. Tu n'as plus une seconde de liberté avant l'arrivée des policiers… Adieu l'enquête !

Quel dommage ! Un mauvais choix t'a empêché d'en apprendre plus sur la mort du Docteur Lenoir… Si tu veux avoir le fin mot de l'histoire, un conseil : recommence au début !

53

Tu décides de commencer par faire un tour dans le bureau du Docteur Lenoir. Connaissant son caractère organisé, tu ne doutes pas d'y trouver des dossiers bien rangés… *Certains me fourniront peut-être des informations sur les autres invités… ou même un mobile plausible, qui sait ?*

Soulagé de quitter la salle de billard, tu parcours le couloir à pas légers et te faufiles dans le bureau.

Tu avais raison : tout est en ordre parfait, pas un papier qui traîne ! Réfléchissant à la meilleure façon de procéder pour passer la pièce au peigne fin, tu te laisses glisser sur la chaise de bureau du docteur… qui pivote sur elle-même, manquant de te faire tomber à la renverse.

Eh bien, quel enquêteur discret je fais ! ris-tu intérieurement.

Tu examines le meuble bas qui se trouve devant toi. Des dossiers de couleurs différentes y sont rangés en piles bien nettes.

Machinalement, tu t'empares du premier, classé dans une jolie pochette rose. Dessus, un Post-it a été collé. Le mot « refusé » y est inscrit à la main.

Ouvre la chemise en 37.

Tu sursautes, pris – littéralement – la main dans le sac. Madame Pervenche te considère avec un mélange de surprise et d'indignation.

– Sortez immédiatement de ma chambre !

Ton cerveau tourne à toute allure, mais tu ne vois vraiment pas comment expliquer ta présence ici.

Tu t'exécutes donc, tête basse. Madame Pervenche te suit jusqu'à la salle de réception, où elle laisse libre cours à sa fureur devant les autres convives, médusés.

– Ce n'est pas ce que vous croyez, bredouilles-tu faiblement. Je veux dire… Je ne sais pas ce que vous croyez, mais si j'étais dans la chambre de Madame Pervenche, c'était pour mener l'enquête. En apprendre plus sur la mort du Docteur Lenoir…

Alertée par les cris, le Docteur Orchidée a rejoint la pièce. Tu cherches son regard, espérant un peu de soutien. Mais la scientifique se contente de secouer la tête, navrée par ton imprudence.

Il va sans dire que tu ne pourras plus mener l'enquête ! Tous les invités te considèrent avec méfiance et refusent d'écouter tes explications.

Désormais, le seul mot d'ordre est : personne ne bouge avant que les autorités n'aient été prévenues.

Dommage ! Ton enquête a échoué.
Tu t'es montré imprudent… et tu n'as pas eu de chance ! Pour en apprendre plus sur la mort du Docteur Lenoir, recommence au début !

L'aveu de Mademoiselle Rose a provoqué un silence stupéfait dans la salle de réception. Voyant qu'elle ne poursuit pas, tu l'interroges :

– Pourquoi l'avez-vous tué ? Que s'est-il passé exactement dans la salle de billard ?

Mademoiselle Rose garde les yeux baissés et la bouche fermée. Tu comprends qu'elle ne te répondra pas.

– Dites-moi au moins pourquoi vous avez choisi de cacher l'arme chez le Professeur Violet ? relances-tu.

Tu espères qu'une fois qu'elle aura commencé à parler, Mademoiselle Rose ne s'arrêtera plus. Mais, une fois encore, sa réaction est un silence obstiné.

Tu dois donc te contenter de lui lier les poignets et les chevilles, pour t'assurer qu'elle ne tente rien avant l'arrivée des autorités. Une demi-heure plus tard, le Docteur Orchidée annonce que la ligne est enfin rétablie.

Peu après, la police débarque sur l'île et arrête Mademoiselle Rose pour le meurtre du Docteur Lenoir.

– Félicitations, révérend, te dit un officier. Vous nous avez grandement facilité le travail !

Tu souris, mais le cœur n'y est pas vraiment. C'est vrai, tu es fier d'avoir permis l'arrestation de l'assassin… mais tu restes frustré de ne pas comprendre ce qui s'est passé.

Tu as mené l'enquête jusqu'au bout et démasqué le coupable, mais tu ne connaîtras jamais son mobile. Ce n'est pas si mal… mais tu pourrais sans doute faire mieux, tu ne crois pas ? Si tu veux essayer, recommence au début !

La panique te gagne. Mademoiselle Rose plaide sa cause avec beaucoup de talent, et tu sens l'atmosphère se modifier. Les convives semblent de plus en plus perdus, indécis.

Même le Colonel Moutarde, qui était le plus convaincu par ta version des faits, paraît avoir changé d'avis.

Il faut absolument que tu renverses la situation.

– C'est une histoire bien ficelée, que vous nous racontez, dis-tu à l'actrice. Mais avez-vous des preuves ?

Mademoiselle Rose a un petit rire.

– Plus que vous, révérend ! Rappelez-moi où vous avez trouvé l'arme ? Dans la chambre du Professeur Violet !

Tout le monde se met à parler en même temps. La situation t'échappe complètement. Finalement, c'est le Colonel Moutarde qui tonne de sa grosse voix :

– Ça suffit ! On n'arrivera à rien de cette manière, c'est évident. La seule solution raisonnable est de patienter jusqu'à l'arrivée de la navette. Nous utiliserons la radio pour avertir la police et nous la laisserons mener l'enquête.

En te regardant directement, il termine :

– En attendant, on ne se promène pas seul, on ne fouille pas dans les affaires, et on n'accuse plus personne.

En voyant les autres invités hocher la tête, tu comprends que tu as perdu. Non seulement tu ne peux plus enquêter, mais, en plus, tu n'as plus aucune crédibilité…

Quel dommage ! Tu n'as pas réussi à élucider le meurtre du Docteur Lenoir…
Pour ne pas rester sur cet échec, recommence au début et teste d'autres choix !

57

Si tu as appris quelque chose au cours de ta longue carrière d'arnaqueur, c'est bien la discrétion... Dans une situation aussi délicate, mieux vaut manœuvrer finement!

Tu adoptes donc un ton de confesseur pour guider subtilement les invités vers la salle de réception. Là, tu as un mot pour chacun, tour à tour rassurant, réconfortant, fraternel...

Tu fais de ton mieux pour gagner la confiance de tous, et il te semble que ça fonctionne plutôt bien. *Il est temps de passer aux interrogatoires,* te dis-tu en observant attentivement les cinq autres invités.

Mais par qui commencer? Ton instinct d'arnaqueur te pousse vers le Colonel Moutarde. Après tout, il est de notoriété publique que le vieux militaire est un voleur. Ou, du moins, qu'il est impliqué dans des affaires financières plus que louches, ce qui, pour toi, revient au même.

Il n'y a pas de fumée sans feu, songes-tu, avec un demi-sourire.

Et puis le Colonel Moutarde a réagi avec beaucoup de sang-froid à la découverte du corps. *Ce qui est logique, puisqu'il est militaire,* tempères-tu. *Et il a tout de même essayé de le réanimer.*

Un assassin n'agirait sans doute pas de cette façon…

Ton regard se porte à présent sur le Docteur Orchidée. *La fille adoptive du Docteur Lenoir, voilà quelqu'un d'intéressant,* penses-tu. Elle connaît le manoir comme sa poche, et c'était sans nul doute la personne présente la plus proche du docteur. Et c'est elle qui a découvert le corps, remarques-tu. En tout cas, c'est ce qu'elle dit, mais, après tout, elle a été seule avec le Docteur Lenoir pendant quelques instants. Assez longtemps pour le tuer ?

Tu te ressaisis, refusant d'explorer toutes les hypothèses qui se bousculent dans ta tête. Tu as une imagination féconde… mais ce qu'il te faut maintenant, c'est du concret !

Alors, qui veux-tu interroger ?

Si tu privilégies la piste du Colonel Moutarde, rends-toi en 31.

Si tu veux t'intéresser au Docteur Orchidée, va en 61.

– Eh bien, votre père m'avait parlé de vos recherches. Je crois savoir que vous aviez besoin d'argent ?

– Qu'êtes-vous en train d'insinuer ?

Le Docteur Orchidée a élevé la voix et les autres invités vous lancent à présent des regards gênés.

– Je ne sais pas à quoi vous jouez, révérend, reprend la scientifique, indignée. Mais il y a une chose dont je suis certaine, c'est que mon père ne vous aurait jamais parlé de ça… Mes recherches sont strictement confidentielles !

– Tout va bien ? demande le Colonel Moutarde, en s'approchant.

Le Docteur Orchidée se lève, furieuse.

– D'où détenez-vous cette information, révérend ? Répondez !

Tu sens une goutte de sueur glacée couler le long de ta colonne vertébrale. Te voilà dos au mur. *La meilleure solution pour m'en sortir, c'est de révéler à tous ce que j'ai appris…* te dis-tu. Tu ne seras peut-être pas le seul à soupçonner le Docteur Orchidée, et tu aurais bien besoin d'un allié !

D'une voix assurée, tu déclares donc :

– Je le reconnais, j'ai consulté les dossiers du Docteur Lenoir dans son bureau.

Madame Pervenche pousse un cri horrifié, et tu vois bien à l'expression du Professeur Violet qu'il te juge sévèrement, lui aussi.

– Attendez de savoir ce que j'ai découvert ! Le Docteur Lenoir venait de refuser le financement des recherches de sa fille, le Docteur Orchidée, ici présente… Un bon mobile pour un crime, vous ne trouvez pas ?

– Mais enfin, vous êtes fou ! tonne le Colonel Moutarde en avançant devant la scientifique, comme pour la protéger de toi. Qui vous a autorisé à jouer les détectives amateurs ?!

– J'ai eu tort de vous faire confiance, reprend le Docteur Orchidée. Croyez-moi, ça n'arrivera plus…

Dommage ! À peine entamée, ton enquête s'arrête net. Placé sous haute surveillance, tu ne peux plus rien faire jusqu'à l'arrivée de la police… Et à cause du récit du Docteur Orchidée, tu vas devoir t'expliquer pendant de longues heures.

Un conseil : recommence au début !

– Donc, reprends-tu, quelqu'un a tenté de faire accuser le Professeur Violet d'un crime qu'il n'a pas pu commettre. Quelqu'un qui lui en voulait personnellement. Comme Mademoiselle Rose, qui ne lui a jamais pardonné de l'avoir quittée pour en épouser une autre !

Tu avais prévu de laisser planer un silence éloquent, mais le Colonel Moutarde ne peut s'empêcher d'intervenir.

– Je suis témoin, déclare-t-il, j'ai vu Mademoiselle Rose sortir de la chambre du Professeur Violet !

Tu jettes un coup d'œil à l'assemblée. Le militaire est convaincu. Mais pour Madame Pervenche et le Docteur Orchidée, ce n'est pas aussi évident. Les deux femmes ont surtout l'air perdues dans ces explications…

Quant au Professeur Violet, il semble encore sous le choc. Il faut que tu portes le coup de grâce.

Mais, alors que tu t'apprêtes à ouvrir la bouche, Mademoiselle Rose te devance.

D'un ton offensé, elle déclare :

– Vous me permettrez tout de même de répondre à cette accusation insensée, révérend?

À regret, tu acquiesces.

– Vous faites preuve de beaucoup d'imagination, reprend l'actrice. Mais la réalité est bien plus simple. Oui, cher colonel, vous m'avez en effet vue sortir de la chambre du Professeur Violet. J'y étais allée dans l'espoir de raisonner ce malotru, qui refusait de se débarrasser de mes lettres.

Mademoiselle Rose marque une courte pause, rougissant ostensiblement.

– Hum… Mais je ne l'ai pas trouvé, bien entendu. Puisque ce monstre était en train d'assassiner le Docteur Lenoir !

Tu ne t'attendais pas à ce que l'actrice contre-attaque !

– Il y a un problème dans votre histoire, fais-tu calmement remarquer. Le Docteur Orchidée a confirmé que le Professeur Violet était avec elle.

– Et quelqu'un les a vus ? réplique immédiatement Mademoiselle Rose. Non, n'est-ce pas ? Et je vais vous dire pourquoi : ces deux-là sont complices !

Le Docteur Orchidée pousse une exclamation indignée, mais l'actrice hausse le ton pour continuer :

– Pauvre Docteur Lenoir... Sa seule faute a été de ne pas vouloir financer les entreprises fantaisistes de ces deux-là ! termine-t-elle, en pointant successivement le Professeur Violet et le Docteur Orchidée.

Tente de reprendre le contrôle de la situation en 56.

Le tiroir abrite de nombreux documents. Tu aperçois un petit carnet à la luxueuse couverture de cuir noir.

Tu te dépêches de l'ouvrir, priant pour que personne n'ait l'idée d'entrer dans le bureau à ce moment-là.

Sur la page de garde, en lettres bien formées, est inscrit :

« Charles-Édouard Lenoir – Journal ».

Le carnet appartenait donc à l'oncle du Docteur Lenoir, qui était aussi le mari de Madame Pervenche.

Tu hésites un peu avant de continuer : lire un journal intime, ça ne se fait pas… *Il s'agit d'un meurtre, tout de même !* te sermonnes-tu. C'est étonnant comme tu es capable d'arnaquer tes victimes sans états d'âme tout en gardant certains scrupules enfantins gravés dans ton esprit.

L'écriture de Charles-Édouard, nette et précise, couvre les pages de textes interminables. Tu feuillettes le journal, désespérant de pouvoir en tirer quelque chose : tu n'auras jamais le temps de tout lire !

Soudain, un passage attire ton regard. Il comprend des ratures, des points d'exclamation, des phrases soulignées. Manifestement, Charles-Édouard Lenoir était très agité quand il a rédigé ces mots.

Tu te plonges dans la lecture… et elle te fait bondir.

« … je suis de plus en plus convaincu que la mort des précédents maris de Madame Pervenche n'était pas naturelle. Je dois me méfier ! »

Si le Docteur Lenoir a lu ce passage, lui aussi, cela pourrait très bien être le sujet de leur dispute. Voire le mobile du meurtre !

Et s'il avait menacé Madame Pervenche ? Annoncé qu'il allait la dénoncer ?

Définitivement, la veuve fait une coupable idéale !

Reste à décider de ce que tu vas faire : aller trouver Madame Pervenche pour lui révéler tes soupçons et connaître sa version des faits ? Ou bien l'empêcher de nuire au plus vite en l'accusant publiquement ?

Si tu choisis de parler à Madame Pervenche, rends-toi en 9.

Si tu décides d'accuser publiquement la veuve, va en 49.

61

Il ne te reste plus qu'à saisir le bon moment pour aller parler au Docteur Orchidée. L'opération est délicate : après tout, la jeune femme vient de perdre son père adoptif…

Tu juges plus prudent de l'aborder sans témoin. Tu attends donc que la scientifique quitte la salle de réception et tu lui emboîtes discrètement le pas.

Elle se dirige vers le jardin d'hiver, une véranda baignée de lumière. Voilà un lieu parfait pour entamer une conversation.

Tu passes d'abord par la cuisine, où tu prépares deux tasses de thé. De quoi jouer ton rôle de pasteur réconfortant.

Puis, un plateau dans les mains, tu entres dans le jardin d'hiver.

– Je peux me joindre à vous ? demandes-tu. J'ai fait du thé.

D'un air las, le Docteur Orchidée acquiesce, et tu t'installes à ses côtés. Pendant que la scientifique sirote la boisson que tu lui as concoctée, tu t'interroges. *Quelle est la meilleure approche ? Dois-je lui confier que je mène l'enquête sur la mort du Docteur Lenoir ?*

Sa fille adoptive ferait une alliée de poids pour résoudre l'affaire : elle connaît le manoir dans ses moindres recoins et sans doute une bonne partie des secrets du docteur…

D'un autre côté, peux-tu vraiment l'écarter purement et simplement de ta liste de suspects ? Certes, elle était la plus proche de votre hôte… mais ce ne serait pas la première fois qu'un meurtre a lieu au sein d'une famille.

Tu avales une gorgée de thé brûlant. *En tout cas, il ne faut pas que je la braque,* résumes-tu.

Si tu décides de lui avouer que tu enquêtes sur la mort du Docteur Lenoir, rends-toi en 12.

Si tu choisis de la considérer comme suspecte, va en 45.

– C'est simple, commences-tu. Vous avez découvert le mariage du Professeur Violet. Furieuse, vous êtes allée le trouver pour lui dire ses quatre vérités. Puis il est parti, et le Docteur Lenoir est arrivé pour jouer au billard.

Le visage de Mademoiselle Rose se décompose. Tu poursuis, certain d'être sur la bonne voie :

– À ce moment-là, vous avez déjà totalement perdu le contrôle. Et ce pauvre docteur a la malchance d'être sur votre chemin… Vous reportez toute votre haine sur lui en lui reprochant d'avoir choisi son camp, de vous avoir trahie… Et vous le tuez !

Mademoiselle Rose ouvre de grands yeux.

– Non… Non ! Je n'ai tué personne ! C'est vrai, je me suis disputée avec le Professeur Violet. Dans cette situation, vous auriez fait la même chose, non ?

Tu fais une moue dubitative.

– De toute façon, reprend l'actrice en s'animant soudain, j'ai une preuve irréfutable de mon innocence. Vous verrez, je n'ai pas tué le Docteur Lenoir !

– Et on peut savoir ce que c'est ? demandes-tu, méfiant.

– Mieux : je vais vous la montrer. Attendez-moi ici, je reviens !

Mademoiselle Rose s'éloigne à pas rapides.

Cette fois, tu es un peu perdu. Qui ment ? Y a-t-il encore une autre personne impliquée ?

Tu patientes cinq minutes, puis dix, avant de te lever, furieux.

– Elle se moque de moi ou quoi ? marmonnes-tu en partant à la recherche de Mademoiselle Rose.

Mais tu as beau fouiller tout le manoir, chambres comprises… aucune trace de l'actrice ! Elle s'est volatilisée !

Quelques heures plus tard, quand les enquêteurs arrivent enfin, ils vous confirment que Mademoiselle Rose est introuvable. Elle a sûrement réussi à prendre la fuite… ce qui fait d'elle la suspecte numéro 1. Et dire que tu étais face à elle ! Tu y étais presque, quel dommage de l'avoir laissée filer… Si tu regrettes tes choix, n'hésite pas et recommence ta lecture !

?

Pour toi, il n'y a pas de temps à perdre. Si le Docteur Orchidée a tué son père, alors elle est prête à tout, et mieux vaut l'avoir à l'œil pour l'empêcher de nuire…

Tu décides donc d'aller l'interroger directement. En prenant soin de repasser devant la salle de billard, tu te diriges vers la salle de réception en marchant, cette fois, d'un pas lourd.

Parfait, songes-tu en constatant que le Docteur Orchidée et tous les autres convives sont là.

Tu t'avances vers Mademoiselle Rose, à qui tu annonces qu'elle peut aller veiller le docteur. L'actrice te remercie et se lève, un peu mal à l'aise. Tu en profites pour t'asseoir très naturellement face au Docteur Orchidée.

– La ligne n'est toujours pas rétablie, t'explique-t-elle. Ça peut prendre des heures…

Elle se tord les mains, anxieuse.

– Quand la police sera là, elle cherchera sûrement à savoir qui, parmi nous, avait des raisons de tuer votre père, commences-tu.

La scientifique lève les yeux vers toi, surprise.

– Pourquoi me dites-vous ça ? Vous savez quelque chose ?

Tu soupires.

– J'essaie simplement de comprendre, comme tout le monde ici, j'imagine… Je sais que les affaires de votre père pouvaient parfois lui attirer des rancœurs solides.

Tu laisses passer un silence avant de reprendre :

– Un financement refusé, par exemple…

Tu examines attentivement les traits du Docteur Orchidée en prononçant ces mots. Elle tressaute.

– De quoi parlez-vous ? t'interroge-t-elle froidement. Soyez plus clair, révérend !

Poursuis en 58.

– Je peux entrer ? demandes-tu. Les autres m'ont dit que vous ne vous sentiez pas bien…

Mademoiselle Rose fronce les sourcils.

– C'est gentil, mais je préfère être seule, révérend, te dit-elle sur un ton ferme.

Voyant qu'elle s'apprête à refermer la porte, tu avances ton pied pour la bloquer.

L'actrice te lance un regard soupçonneux et te questionne d'une voix glaciale :

– Qu'est-ce que vous voulez ?

Tu décides qu'il n'est plus temps d'être discret. Si tu ne peux pas user de moyens détournés, alors tu vas l'interroger directement.

– Le Colonel Moutarde vous a vue quitter la chambre du Professeur Violet tout à l'heure. Vous désirez m'en parler… ou vous préférez que j'aille le trouver pour le lui dire ?

Un instant, l'actrice semble paniquer. Elle jette un coup d'œil dans le couloir, puis t'attire dans sa chambre et referme la porte.

– Je vais tout vous expliquer, te souffle-t-elle avant de se laisser tomber sur le fauteuil installé devant sa coiffeuse.

Elle saisit un mouchoir pour se tapoter les yeux et pousse un soupir tremblotant.

Tu gardes le silence en attendant la suite.

– Le Professeur Violet et moi… nous nous connaissons. Très bien, même. Vous comprenez ?

– Vous voulez dire… que vous êtes en couple ? suggères-tu, un peu hésitant. Mais pourquoi ne pas l'avoir dit ?

– Nous *étions* en couple, corrige l'actrice. Je n'ai pas voulu le mettre dans l'embarras, alors j'ai préféré faire semblant de ne pas le connaître. Mais tout à l'heure, avant de descendre, j'ai décidé d'aller le trouver…

– Mais il n'était pas là ? suggères-tu, impatient de savoir si, oui ou non, l'actrice a vu l'arme, elle aussi.

Brusquement, Mademoiselle Rose se met à pleurer.

– Non, sanglote-t-elle. Il n'était pas là. Mais son sac était ouvert… et j'ai aperçu un revolver ! Je… je ne savais pas qu'il avait une arme…

– Vous pensez qu'il a tué le Docteur Lenoir ? interroges-tu enfin, sur le ton le plus compatissant possible.

– Je ne peux pas y croire ! s'écrie Mademoiselle Rose.

Deux grosses larmes roulent sur ses joues. *Elle semble sincère*, te dis-tu.

Tire tes conclusions en 34.

65

Mieux vaut affronter ce qui me fait peur, te dis-tu en te dirigeant vers la salle de billard. Tu n'as aucune envie de te retrouver seul avec le corps du Docteur Lenoir. Pourtant, tu sais que la scène de crime est le meilleur endroit pour chercher des indices.

D'ailleurs, dans les séries policières, les enquêteurs commencent toujours par là…

Mais eux ont des moyens que je n'ai pas. Et surtout, ils ont l'habitude !

Devant la porte de la salle de billard, tu inspires profondément… et tu te décides à entrer.

Le corps du Docteur Lenoir est toujours là, sur la table de billard. Heureusement, le Colonel Moutarde lui a fermé les yeux tout à l'heure, après avoir essayé de le réanimer.

Tu te secoues pour reprendre tes esprits et te mets à examiner la pièce. Tu t'approches de la console adossée au mur. Une petite carte colorée attire ton attention.

Tu t'en empares pour l'étudier.

« Le Professeur Violet et son épouse vous remercient chaleureusement de votre présence à leur mariage », lis-tu, étonné.

La date t'apprend que l'union de l'archéologue est toute récente.

Cela pourrait-il avoir un lien avec la dispute entendue par Madame Pervenche ?

Tu hausses les épaules.

Difficile à savoir sans interroger le Professeur Violet lui-même, remarques-tu. *Mais il est fort possible que ça n'ait rien à voir et que je perde mon temps.*

Peut-être ferais-tu mieux de continuer à fouiller…

Si tu vas trouver le Professeur Violet, c'est en 29.

Si tu continues à fouiller, rends-toi en 11.

Tu observes Mademoiselle Rose, en te préparant à te défendre. On ne sait jamais, elle pourrait tenter de t'étrangler ou de t'assommer…

Mais, au lieu de ça, l'actrice éclate en sanglots.

– Je ne voulais pas, se lamente-t-elle, comme une enfant. Il faisait sombre, il était de dos…

– Vous vous étiez disputée avec le Professeur Violet, reprends-tu. Dans la salle de billard. Quand il vous a appris son récent mariage, vous avez… disjoncté. Vous êtes allée chercher votre arme et vous êtes retournée le voir.

Les sanglots de Mademoiselle Rose se transforment en gémissements, mais elle ne te contredit pas.

– Vous étiez aveuglée par la douleur et par la haine. Vous n'avez pas remarqué que le Professeur Violet était parti et que c'était le Docteur Lenoir qui se trouvait dans la pièce… Ensuite, quand vous avez compris, vous avez décidé de piéger le Professeur Violet. À défaut de le tuer, vous pouviez au moins l'envoyer finir sa vie en prison.

– J'ai tout perdu, souffle Mademoiselle Rose d'une voix blanche. Tout.

Tu hoches la tête. Il ne te reste plus qu'à expliquer aux autres ce qui s'est passé, puis à livrer Mademoiselle Rose aux autorités…

Félicitations ! Tu es un enquêteur hors pair !
Tu as suivi ton intuition et fait les bons choix pour démasquer le coupable et résoudre ce mystère avec brio. Si tu es curieux ou joueur, tu peux recommencer ta lecture, pour voir si tu pourrais parvenir au même résultat… mais avec d'autres méthodes !

C'est peut-être une fausse piste, mais je veux en avoir le cœur net, tranches-tu en te levant à ton tour. Tu es convaincu que Madame Pervenche te cache quelque chose.

Tu annonces aux autres invités que tu vas te reposer dans ta chambre, afin de pouvoir gagner l'étage sans éveiller les soupçons.

Quelques minutes plus tard, te voilà dans la chambre de Madame Pervenche. Contrairement au Docteur Lenoir, cette dernière n'est pas une maniaque de l'ordre… Ses bijoux hors de prix sont éparpillés un peu partout, une robe est chiffonnée sur le lit et une paire de chaussures traîne devant le fauteuil.

Tu hésites, sans trop savoir par où commencer. Après une grande inspiration, tu te lances. Tout y passe : la table de chevet, la valise, la trousse de maquillage posée sur la coiffeuse, les poches du manteau accroché dans la penderie. Tu soulèves aussi les oreillers pour vérifier que Madame Pervenche n'a rien glissé dessous.

Mais force est de constater que tes recherches ne donnent rien. Tu n'as trouvé aucun indice reliant la résidente de cette chambre au meurtre, pas même une information intéressante sur ses relations avec le Docteur Lenoir.

Tu jettes un coup d'œil à ta montre et réalises, effaré, qu'une heure s'est écoulée depuis ton départ de la salle de réception. Heureusement que Madame Pervenche n'a pas décidé de t'imiter !

Vite, tu quittes la chambre pour rejoindre les autres. *Il est temps que j'aille discuter un peu avec Mademoiselle Rose,* songes-tu.

– Ah, révérend ! t'accueille le Docteur Orchidée. Bonne nouvelle : la police sera là d'une minute à l'autre !

Tu te forces à sourire, avant de t'asseoir aux côtés des autres invités. Il n'y a plus qu'à attendre, désormais…

Zut ! Tu as laissé passer ta chance de résoudre cette affaire… Et maintenant, tu vas devoir affronter l'interrogatoire des policiers. À moins que tu préfères recommencer au début ?

Tu te dirigès vers la chambre de Mademoiselle Rose quand, soudain, tu ressens une vive douleur à la tête.

Tu portes une main à ton crâne et découvres, effaré, qu'elle est couverte de sang !

Puis, brusquement, le monde devient noir autour de toi.

Quand tu te réveilles, tu es dans une chambre d'hôpital... et tu n'as plus aucun souvenir de ce qui s'est passé au manoir.

Fin

Évidemment, pour ton enquête, c'est râpé.
Tu ne pourras même pas aider la police...
Quelle déception ! Mais ne t'en fais pas trop :
tu peux tout recommencer au début !

?

– Allons fouiller la chambre de Mademoiselle Rose ! décides-tu.

Le Colonel Moutarde hoche la tête, et vous vous dirigez vers l'étage du manoir. Vous ne croisez personne, ce qui vous amène très vite dans le couloir qui dessert les chambres des invités.

– Où est celle de Mademoiselle Rose ? souffles-tu au colonel.

Le militaire te désigne la porte à gauche, tout au bout du corridor. Puis d'un mouvement du menton, il te montre la chambre d'en face.

– Et celle-là, c'est la mienne.

Tu acquiesces et jettes un coup d'œil dans le couloir... Personne.

– Faites le guet. Sifflez si vous voyez quelqu'un arriver, entendu ?

Le militaire hoche la tête et se redresse, soudain sérieux.

Tu pénètres dans la chambre et marques un temps d'arrêt. Au pied du lit, tu repères des chaussures d'homme. Un pantalon en velours dépasse aussi d'un sac de voyage, et une grosse montre est posée sur la table de nuit…

Ce n'est pas la chambre de Mademoiselle Rose, comprends-tu immédiatement. *Mais alors…*

pourquoi l'actrice en est-elle sortie tout à l'heure ? Qui loge ici ?

Tu te penches sur le sac pour l'examiner.

Bingo ! te dis-tu en découvrant l'étiquette du bagage. *Professeur Violet,* déchiffres-tu.

Voilà un premier mystère résolu.

Tu continues sur ta lancée et fouilles le sac de voyage de l'archéologue. Soudain, tu sursautes. Ta main vient de se poser sur un objet froid.

Avec un frisson, tu sors du bagage un petit revolver noir. *L'arme du crime ?* t'interroges-tu, horrifié.

Vite, tu prends un mouchoir pour l'envelopper. Tu le glisses dans ta poche intérieure, puis, tremblant, tu quittes la chambre du Professeur Violet.

– Qu'est-ce qui vous arrive, mon v… pardon… révérend ? On dirait que vous avez vu un fantôme !

Tu entraînes le Colonel Moutarde dans sa chambre en 41.

Tu hausses la voix pour te faire entendre, dans la confusion générale.

– Je vais veiller le corps du Docteur Lenoir, annonces-tu en joignant les mains.

Le Colonel Moutarde lève les yeux au ciel : il a l'air de penser que tes superstitions ne servent à rien. Mais il n'ose pas protester à voix haute. Le Professeur Violet, lui, semble trouver l'idée farfelue.

– Je vous remercie, révérend, répond le Docteur Orchidée.

L'approbation de la fille du Docteur Lenoir met fin aux interrogations possibles. Madame Pervenche hoche la tête d'un air grave, et tous se dirigent vers la porte. Tous… sauf Mademoiselle Rose ! L'actrice, qui paraît très affectée, souffle :

– Je vais rester à vos côtés, révérend.

Zut ! Voilà une réaction que je n'avais pas envisagée… songes-tu, très ennuyé. Tu ne voudrais pas te retrouver à veiller le mort pendant des heures en faisant semblant de prier !

Mais comment pourrais-tu refuser la présence de l'actrice sans éveiller les soupçons des autres ? Un vrai révérend ne rejetterait pas une femme endeuillée qui souhaiterait partager ses prières…

Tu n'as que quelques secondes pour réagir…

Si tu inventes une excuse pour rester seul, va en 28.

Si tu préfères t'accommoder de la présence de Mademoiselle Rose, rends-toi en 24.

Tu secoues la tête. Ce n'est plus le moment d'enquêter : tu dois protéger les autres invités. Ton choix est fait : tu vas accuser Mademoiselle Rose publiquement !

Tu es un peu nerveux en entrant dans la salle de réception. Mais quand tu aperçois l'actrice confortablement installée dans un fauteuil, en train de lire un magazine, ta colère prend le dessus.

Cette femme est un monstre ! songes-tu, et cette pensée raffermit ta décision.

– Excusez-moi ! interpelles-tu avec force. Puis-je avoir votre attention à tous ?

Intrigués, les convives se tournent vers toi. Le silence est soudain assourdissant. Tu t'éclaircis la voix, avant de te lancer.

– Je sais qui a tué le Docteur Lenoir, déclares-tu simplement.

Tu lèves une main pour arrêter les questions et poursuis :

– Nous le savons depuis le début, le meurtrier est parmi nous. Et pour le démasquer, j'ai mené ma propre enquête, sans attendre l'arrivée de la police…

Il faut que tu sois crédible : tu choisis donc ce moment pour sortir le revolver de ta poche.

– Pour commencer, je vous présente l'arme du crime !

Madame Pervenche pousse un cri, le Docteur Orchidée plaque une main sur sa bouche. Mais les réactions qui t'intéressent le plus sont celles du Professeur Violet et de Mademoiselle Rose.

L'archéologue affiche une expression stupéfaite. *Pas du tout le visage de quelqu'un dont je viendrais de trouver l'arme,* remarques-tu. Quant à l'actrice, elle a un petit sourire satisfait qui te confirme que les choses se déroulent exactement comme elle l'espérait.

– Où avez-vous déniché ça ? interroge le Colonel Moutarde.

– Dans la chambre du Professeur Violet, réponds-tu tranquillement.

Poursuis tes révélations en 20.

72

Puisque ta conversation avec le Professeur Violet a rendu ta découverte inutile, tu vas devoir reprendre ton enquête à zéro… Enfin, pas tout à fait, vu qu'il ne te reste plus que trois suspects : le Colonel Moutarde, Madame Pervenche et Mademoiselle Rose ! À qui veux-tu aller parler en premier ?

Si tu veux discuter avec le Colonel Moutarde, va en 48.

Si tu choisis de parler à Madame Pervenche, rends-toi en 74.

Si tu décides de t'entretenir avec Mademoiselle Rose, c'est en 25.

73

Tu continues à observer le corps du Docteur Lenoir, en prenant bien garde de ne pas le toucher. Mais plus les minutes passent, plus tu as envie de quitter les lieux… Rester seul avec un mort n'est pas vraiment dans tes habitudes !

Il n'y a plus rien à voir, ici, te convaincs-tu pour justifier ton désir de partir.

L'avantage, c'est que tous les invités te pensent auprès du docteur… Pourquoi ne pas en profiter pour aller fureter un peu dans le manoir ?

Il faudra te montrer très discret, mais c'est le meilleur moyen de récolter des informations. Par où vaut-il mieux commencer ? La chambre du Docteur Lenoir, en espérant y découvrir ses secrets les plus intimes ? Ou bien son bureau, où il range sans doute tout ce qui concerne ses affaires ?

Si tu veux te mettre en quête de sa chambre, rends-toi en 18.

Si tu préfères visiter son bureau, va en 53.

Il faut bien commencer par quelqu'un ! te dis-tu en jetant ton dévolu sur Madame Pervenche. Elle t'a semblé réceptive à ton aura de révérend, un peu plus tôt. Peut-être acceptera-t-elle de se confier...

Cette fois, tu sais comment orienter ton interrogatoire : la première étape est de savoir si oui ou non, elle a un alibi pour l'heure du meurtre. Ensuite, tu pourras t'intéresser aux éventuels motifs qui auraient pu la pousser à tuer le Docteur Lenoir…

Avec cette idée en tête, tu entames donc la conversation sur un sujet en apparence anodin : la splendeur du manoir dans lequel vous êtes reçus.

– Et ce parc ! enchaînes-tu. Il est merveilleux ! J'ai passé plus d'une heure à m'y promener tout à l'heure, après notre arrivée sur l'île. Je suis allé visiter la charmante petite chapelle qu'on aperçoit au loin…

Madame Pervenche t'écoute, avec un air poli mais peu intéressé.

– Et vous, qu'avez-vous fait plus tôt ? Vous avez pu profiter de cette demeure ?

Ton interlocutrice paraît soudain mal à l'aise.

– Moi? Euh, non… pas vraiment, en réalité… Enfin, j'ai tout de même apprécié le salon d'hiver…

Madame Pervenche évite ton regard, les lèvres pincées. Tu as le sentiment qu'elle cache quelque chose…

Essaie d'en savoir plus en 13.

Pourquoi Mademoiselle Rose veut-elle m'orienter vers le Professeur Violet ? Je sais qu'il a un alibi pour l'heure du crime. Pourtant, elle agit comme si elle avait la preuve de son implication…

Après cette entrevue, c'est Mademoiselle Rose que tu soupçonnes de cacher quelque chose… Et ce secret tourne autour du Professeur Violet.

Ta prochaine étape est donc toute tracée…

Va fouiller la chambre du Professeur Violet en 33.

Incarne chacun des personnages de Cluedo pour tenter de résoudre un meurtre !

Monsieur Moutarde

Mademoiselle Rose

Monsieur Olive

Monsieur Violet

Madame Pervenche

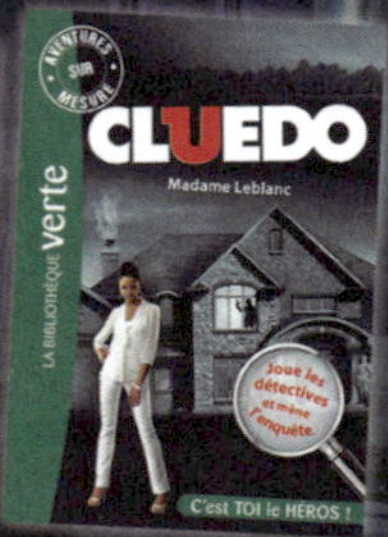

Madame Leblanc

Le défunt mari

Le tableau maudit du Dr Lenoir